nero

Gabriella Genisi
Marilù Oliva
Mariolina Venezia
Grazia Verasani

Le invisibili

Rizzoli

Pubblicato per

Rizzoli

da Mondadori Libri S.p.A.

ISBN 978-88-17-16385-9

Prima edizione: luglio 2022

Le invisibili

GABRIELLA GENISI

Le guardiane del faro

Qualche filo
d'alga sul corpo, o i ciechi segni d'una medusa
VITTORIO BODINI

L'avvocato De Pascalis incrociò le dita e guardò il suo cliente con aria scettica. Ma cosa andava raccontando l'ingegner Costa? Sirene, a Otranto? E voleva sporgere denuncia perché una gli avrebbe prima sottratto il fucile ad aria compressa durante l'immersione nei pressi del faro di Punta Palascia e poi tentato di infilzarlo con un arpione? Ma figuriamoci.

Vedendolo molto scosso e chiedendosi se avesse alzato il gomito, si offrì di preparargli un caffè espresso con la caffettiera elettrica che teneva chiusa nell'armadietto e cercò di tranquillizzarlo. Lo stress faceva brutti scherzi e magari la foschia dell'alba o il luccichio del sole che rimbalzava sul pelo d'acqua gli avevano distorto la visione. L'ingegnere del resto portava gli occhiali e forse quel giorno li aveva dimenticati. O magari aveva confuso la sirena con un altro sub o con un pescatore di frodo. Uno di quelli che causavano danni gravissimi all'ecosistema marino devastando i fondali con scalpelli e cariche esplosive in cerca di datteri di mare, rari molluschi dichiarati illegali dallo Stato italiano nel 1998. Insomma, era disposto a credere a tutto fuorché alle sirene.

Costa ringraziò, bevve il caffè in un paio di sorsi, si tamponò la pelata con un fazzoletto, lucidò gli occhiali appannati e insisté debolmente nel sostenere la sua tesi: lui la sirena l'aveva vista eccome, anzi avrebbe anche potuto riconoscerla se l'avesse incontrata sulla terraferma.

«Eh già, una sirena sulla terraferma. Certo, può capitare di incontrarla prima o poi» ironizzò De Pascalis. «E com'era, com'era? Dovessi incrociarla io, dico» ironizzò.

«Vecchia» dichiarò il cliente, accorgendosi egli stesso di quanto poco credibile fosse la sua affermazione. Che da quando mondo era mondo, le sirene erano creature incantevoli, metà donna e metà pesce. Giovani e per giunta bellissime.

«Vecchia?» ripeté l'avvocato ancora più incredulo di prima, per le stesse ragioni già esposte.

«Vecchia, glielo giuro.»

«Quanto vecchia?»

«Eh, a occhio e croce avrà avuto almeno novant'anni. Portava i capelli lunghissimi, tutti bianchi, e aveva la pelle scura e coperta da rughe come quella di una tartaruga.»

L'avvocato De Pascalis si alzò di colpo con un velo di preoccupazione stampato sul volto chiedendosi se fosse necessario avvertire la famiglia Costa. L'ingegnere dava evidenti segni di squilibrio.

«Venga, ingegnere, l'accompagno al cancello, credo di aver acquisito elementi sufficienti per farmi un'idea del caso. Deve scusarmi ma stamattina ho un'udienza a Lecce e devo essere in tribunale per le dodici. A ogni modo, se posso permettermi un consiglio, torni a casa e si riposi. Magari prenda qualche giorno di ferie. A volte la stanchezza gioca brutti scherzi.»

Costa capì l'antifona. «Avvocato, mi creda: io la sirena l'ho vista davvero. Non sono mica pazzo.»

«Ci mancherebbe, ingegnere, e chi lo dice?»

«Be', mi pareva che le sue premure volessero sottintendere che...»

«Assolutamente no.»

«E per la denuncia cosa consiglia di fare?»

«Guardi, per la denuncia aspettiamo di sapere qualche dettaglio in più, magari salta fuori una testimonianza. Nel frattempo parlerò con la capitaneria di porto, è possibile che loro abbiano visto qualcosa.»

Costa parve rinfrancato. «Benissimo, avvocato, grazie. Aspetto sue nei prossimi giorni, non lo dimentichi, mi raccomando.»

«Ci mancherebbe, ingegnere. Buongiorno, buongiorno.»

Mauro De Pascalis si assicurò che il cancello del villino liberty che ospitava lo studio legale fosse ben chiuso e risalì i gradini.

«Tutto a posto, avvocato?» s'informò la segretaria affacciandosi dalla stanza degli schedari.

«Più o meno. Dopo aver fatto causa a mezzo paese, stavolta l'ingegnere vorrebbe denunciare una sirena per tentato omicidio.»

«Una sirena, ma è impazzito?»

«Mi stavo chiedendo la stessa cosa. Forse sarebbe il caso di avvisare qualcuno della famiglia.»

«Vuole che telefoni alla moglie? Dovrei avere il numero da qualche parte.»

«Grazie, Martina, mi faccia questo favore.»

«Certo, avvocato. E l'udienza?»

«Recupero la borsa e vado. Ci vediamo nel pomeriggio. Ah, senta, mi faccia trovare sulla scrivania il fascicolo del caso Mazzotta, per favore.»

«Sarà fatto.»

Da Martano a Lecce c'erano una ventina di chilometri che di solito l'avvocato copriva ascoltando qualche brano di musica classica, senonché quella mattina l'uscita dell'ingegner Costa riguardo alla sirena munita di arpione lo aveva turbato assai, non foss'altro perché, passato lo sbigottimento per una rivelazione fuori dal comune, gli erano tornati alla mente un paio di ricordi. Il primo risaliva a una quarantina di anni prima quando, durante una lezione organizzata dall'insegnante di Storia dell'arte nella cattedrale di Otranto, la guida si era soffermata sulla sirena bicaudata raffigurata nel mosaico sotto l'altare e sulla chiara allegoria sessuale del disegno. L'altro era molto più recente ed era legato a una mostra sui misteri del mare allestita nel castello di Corigliano.

Del resto, sirene di pietra erano scolpite sotto i balconi e sui portoni di svariati palazzi salentini, inoltre miti e leggende che le vedevano protagoniste, spesso inventati di sana pianta, venivano ammanniti alle comitive di turisti stranieri fermi sotto il sole a fotografare il barocco leccese. Si raccontava di sirene affascinanti e perverse assetate del sangue dei naviganti e altre simili alle streghe infarcivano i racconti delle nonne, insieme alle storie nere dense di macàre e macarìe. Chissà, pensò l'avvocato, facendo due volte il giro del tribunale in cerca di un parcheggio, magari nel passato un fondo di verità riguardo alla presenza delle sirene in Salento era esistito davvero.

L'avvocato uscì dal tribunale che erano da poco passate le quindici, l'udienza si era protratta oltre il previsto. Dopo una breve pausa pranzo rientrò in studio, e all'ingegner Costa non ci pensò più.

Il maresciallo Lopez aveva mangiato pesante e fatto una mala nottata. Che a lei le rape 'nfucate con il caciocavallo messo sopra piacevano moltissimo ma le digeriva male, sicché quando il brigadiere le telefonò per avvisarla che al comando c'era un'emergenza si stava preparando un bicchiere d'acqua calda con una puntina di bicarbonato.

«Di che emergenza si tratta?» s'informò.

«È stato ripescato un cadavere nelle acque di Punta Palascia. Ha presente?»

«Certo, non è distante da casa mia.»

«Ha ragione! Potrebbe recarsi sul posto. Il magistrato e il medico legale dovrebbero arrivare entro mezz'ora.»

«Cosa sappiamo del cadavere?»

«Si tratta di un uomo di una quarantina d'anni.»

«Potrebbe trattarsi di un migrante. Ci sono altri elementi?»

«Indossava una muta da sub ed è stato ucciso con una fiocina. Il corpo è stato ritrovato da un paio di pescatori. Si è impigliato alle reti e lo hanno caricato in barca.»

«Forse è stato un incidente di pesca, parto subito. Ah, senta, il capitano è stato informato?»

«Sì, ha chiesto di avvertirla.»

Chicca Lopez sorrise, era un buon segno. Il capitano

Biondi si era deciso a riconoscerle il ruolo operativo che le spettava di diritto.

Si vestì in fretta, jeans, anfibi e l'inseparabile chiodo. Bevve un caffè, si lavò i denti e inforcò la Bonneville. «Mena beddha mia, sciamu a vidire.»

Il faro di Punta Palascia era uno dei luoghi più suggestivi del Salento. Costruito nella seconda metà dell'Ottocento, sorgeva a oriente, nella punta più a est d'Italia, ed era quasi del tutto inaccessibile se non attraverso un tratturo ripido, o arrivando dal mare a nuoto prima di inerpicarsi sulla costa rocciosa. A parte questo, la visione dall'alto del faro bianco, dell'azzurro di cielo e mare e del verde della macchia mediterranea era tale da togliere il fiato.

Chicca Lopez sostò qualche minuto sulla terrazza panoramica cercando di individuare il punto dove aveva attraccato la barca che aveva recuperato il corpo, ma non vide nulla. Chiamò Rizzo, forse aveva capito male.

Il brigadiere rispose all'istante. «Comandi, maresciallo.»

«Brigadiere, mi scusi, sono nei pressi del faro ma non vedo nulla. Da qui l'accesso al mare è impraticabile.»

«Ha ragione, ho dimenticato di dirle che il corpo è stato ripescato a Punta Palascia ma che la barca è ancorata alla baia dell'Orte. Ha presente?»

«Ho presente. Il punto è: come ci arrivo alla spiaggia dell'Orte per raggiungere la baia? Non è mica facile con la Bonneville.»

«Ha ragione, le conviene parcheggiare nei pressi della cava di Bauxite e fare un piccolo tratto a piedi, oppure a cavallo. C'è un maneggio da quelle parti.»

«A cavallo, Rizzo, ma le pare possibile? Non era più semplice far ormeggiare il natante nel porto di Otranto? A quest'ora saremmo già tutti sul posto. Io, almeno.»

Rizzo per tutta risposta non fiatò.

«Allora?» insisté la Lopez, rigida come una scopa quando si trattava di obbedire a un ordine arrivato dall'alto.

«È una disposizione del capitano Biondi, non so altro. Sta arrivando sul posto.»

«Ricevuto.»

Il maresciallo sbuffò e diede gas alla moto. La presenza di Biondi era un gran seccatura.

Superò il lago di Bauxite con un nodo in gola, il ricordo di Renzo morto suicida in mare ventiquattro ore dopo averle confessato le responsabilità riguardo al cold case del quale si era occupata nei mesi precedenti bruciava ancora. Continuava a domandarsi se avrebbe dovuto arrestarlo per impedire che si togliesse la vita o se era stato giusto assecondare la sua ultima volontà.

Quando si incamminò verso la baia seguendo un costone laterale, prima ancora di notare la bellezza selvaggia e incontaminata del luogo, si accorse della motovedetta dei carabinieri con a bordo il capitano Biondi, il magistrato e il medico legale. «Bastardo di un capitano, questa me la paghi» imprecò tra i denti.

«Oh, maresciallo» ghignò Biondi vedendola saltellare sulle rocce come una capretta. «Ci raggiunge a nuoto o preferisce salire a bordo del tender?»

Il capitano faceva lo spiritoso nonostante il momento drammatico. Chicca non replicò, gli lanciò un'occhiataccia e salì sul tender. Sulla barca dei due pescatori, in mezzo alle reti e alle cassette piene di pesce, coperto da una tela cerata si intravedeva il corpo di un uomo. Uno di loro sollevò il telo: il sub aveva la gola spappolata da una fiocina sparata con un fucile ad aria compressa.

«Cristo santo.»

«Ha visto che roba? Lo hanno ammazzato.»

«Potrebbe essere stato un incidente di pesca.»

«Sappiamo chi è la vittima?»

«Non ancora. Non risultano denunce di scomparsa.»

«Sembra essere morto da non più di tre ore.»

«Un colpo secco, con l'intento di uccidere. Dal mio punto di vista l'incidente è da escludere.»

Le voci si rincorsero da una barca all'altra in mezzo a quel paradiso naturale, mentre il corpo del sub ignoto, subito dopo l'ispezione sommaria del magistrato e del medico legale, veniva deposto in un feretro e trasportato sulla eliambulanza.

Guardarono l'elicottero decollare, poi Biondi raggiunse la Lopez sul ponte della motovedetta.

«Che ne pensi?»

«Non ne ho idea. Non sappiamo nemmeno chi è.»

«Su due piedi, intendo.»

«Sembra un'esecuzione. Un colpo solo, una mira perfetta. Non ricordo una letteratura particolare riguardo a simili incidenti di pesca.»

Biondi si guardò gli scarponcini di camoscio blu, erano bagnati. «Hai ragione. Potrebbe essere un regolamento di conti.»

«Non so. È necessario sapere chi è la vittima prima di avanzare delle ipotesi.»

Il capitano si avvicinò e le posò una mano sulla spalla.

«Brava, Lopez, mi piace la tua freddezza. Stai migliorando. Ti serve un passaggio fino a Otranto, o preferisci arrampicarti sugli scogli?»

La Lopez gli voltò le spalle prima di saltare giù dal tender. «Grazie, ho la moto parcheggiata alla cava. Ci vediamo al comando.»

«Come vuoi, Lopez, attenta a non sfracellarti. Mi servi intera.»

Bastarono un paio d'ore perché si risalisse all'identità del cadavere. Fabio Sisto, trentasette anni, biologo marino e fotografo subacqueo dilettante. Si immergeva d'abitudine due volte alla settimana nel tratto di costa adriatica che va da Otranto fino a Santa Maria di Leuca. La sua compagna, non vedendolo rientrare come al solito entro le nove e non riuscendo a mettersi in contatto con lui, aveva dato l'allarme. Sisto non aveva precedenti penali e almeno apparentemente non c'era nessuno che potesse desiderare la sua morte.

L'ingegner Costa, su pressione di sua moglie, si era messo in permesso per un paio di giorni e aveva ascoltato la notizia al telegiornale delle tredici mentre, armato di forchetta, con il tovagliolo infilato nel colletto della camicia, attaccava un piatto di sagne condite con il ragù di cavallo. Una cosa sopraffina che solo sua suocera sapeva preparare. Tale fu la sorpresa di scoprire che nello stesso punto in cui una sirena aveva tentato di ucciderlo con un arpione un altro sub era stato ferito a morte con una fiocina che balzò in piedi tirandosi addosso tovaglia, piatti e bicchieri.

«Hai sentito, Teresì? E io sarei il pazzo? La sirena a questo poveraccio l'ha ammazzato come voleva ammazzare me.»

La signora Costa, che da quasi quarant'anni sopportava le bizze di suo marito, si affrettò a calmarlo porgendogli un bicchiere d'acqua.

«Ma che dici, Filippo, è una coincidenza. Mettiti quieto che adesso pulisco e ti porto *i pezzetti*.»

«Devo chiamare l'avvocato.»

«Finisci prima di mangiare e dopo lo chiami.»

«Adesso, ho detto. A pensare che potevo esserci io al posto di quel poveraccio, m'è passato l'appetito.»

Quando il cellulare appoggiato sui faldoni cominciò a vibrare, ancora prima di leggere il nome del chiamante, l'avvocato De Pascalis sapeva già chi lo stava cercando.

«Buongiorno, ingegnere, stavo giusto pensando a lei.»

«Alla buon'ora, avvocato. Da trenta a trentuno avrei potuto esserci io sul tavolo dell'obitorio.»

«Eh sì, a questo punto come darle torto. Dobbiamo vederci quanto prima. È necessario avvisare le autorità dell'aggressione a suo danno avvenuta ventiquattro ore prima del ritrovamento del sub, nello stesso tratto del Canale d'Otranto.»

L'ingegner Costa voleva paglia per cento cavalli. «Quindi, avvoca', il pazzo non ero io.»

«Ingegnere, come darle torto? Al tempo stesso spero si renda conto che se andiamo dai carabinieri a parlare di sirene penseranno che i pazzi sono due, ma allo stato dei fatti la sua testimonianza può essere importante. Potrebbe essersi trattato di qualcuno mascherato da sirena.»

«Nessuna maschera. Le assicuro che si trattava di una sirena. E ha tentato di infilzarmi con un arpione.»

«Come vuole. L'aspetto intorno alle quindici nel mio studio.»

De Pascalis fece scorrere la rubrica telefonica, cincischiò con il telefono tra le mani ancora per qualche minuto, poi si risolse a comporre il numero del maresciallo Lopez.

Al comando provinciale di Lecce il maresciallo Lopez stava ascoltando Chiara Montinaro, di anni trentatré, infermiera professionista e convivente della vittima.

La povera donna non si capacitava dell'accaduto e insisteva col dire che si era trattato senza dubbio di un incidente o di uno scambio di persona, perché Fabietto suo era buono come il pane e non aveva nemici. La Lopez aveva annuito, la Montinaro diceva il vero: da un rapido controllo sui database di carabinieri e polizia non risultava neanche una multa per divieto di sosta intestata a Fabio Sisto. Per queste ragioni l'ipotesi di omicidio premeditato appariva improbabile.

«Signora Montinaro, l'auto del dottor Sisto è stata ritrovata nei pressi del faro. Le risulta che le sue immersioni in quella zona fossero abituali?»

Chiara si asciugò le lacrime con il kleenex che il maresciallo le porse. «Si immergeva nelle acque davanti al faro da un paio di settimane. Fabio aveva l'hobby della fotografia subacquea e stava preparando una mostra da allestire a maggio nel castello di Otranto. Proprio qualche giorno fa mi aveva raccontato di aver visto delle cose interessanti dalle parti di Punta Palascia ma di non essere riuscito a fotografarle.»

«Le ha detto di cosa si trattava?»

«No, ma ha parlato di una scoperta sensazionale capace di rivoluzionare la scienza.»

«E lei non ha chiesto ulteriori spiegazioni?» insisté sospettosa il maresciallo. Lasciar correre non era abitudine femminile.

«Certo che ho cercato di saperne di più, ma Fabio ha risposto che preferiva essere certo di quello che aveva visto per evitare di passare *per pazzo o per ubriaco.*»

«Ha detto proprio così?»

«Testuali parole.»

«Dunque si potrebbe supporre che questa *scoperta* possa essere la causa di quanto è accaduto. Forse il dottor Sisto ha fotografato un obiettivo proibito. La prego, si sforzi di ricordare se il suo compagno le ha rivelato altri dettagli, potrebbe essere fondamentale per le indagini.»

La Montinaro scosse il capo. «No, non credo ci sia dell'altro, Fabio era di poche parole, spesso parlava attraverso le immagini che riusciva a cogliere con la macchina fotografica. Dagli scatti appariva la sua anima bella.»

«Capisco. Dove conservava le foto?»

«A casa. Nel suo studio c'è un archivio cartaceo e uno digitale. Aveva il desktop del computer pieno di cartelle con i nomi dei luoghi fotografati e le date. Fabio è molto… mi scusi…» La donna ebbe un'esitazione e soffocò un singhiozzo. «… era molto metodico.»

«Si faccia forza, la prego. Purtroppo devo informarla che sarà necessario sequestrare il computer e gli archivi per visionare le immagini realizzate durante le ultime immersioni nella zona dove è stato ripescato il corpo del suo compagno e quelle scattate in precedenza.»

«Sì sì, è tutto a vostra disposizione.»

«Grazie. Adesso cerchi di riposare un po'. Le assicuro che faremo il possibile per risalire al responsabile della morte del dottor Sisto.»

«Grazie, maresciallo Lopez, anche se nessuno potrà mai restituirmi Fabietto mio.»

«Lo so, purtroppo.»

Il maresciallo abbracciò la donna con tenerezza e la accompagnò fino all'ingresso.

Qualche minuto dopo Biondi la raggiunse alla macchinetta del caffè.

«Allora, Lopez, com'è andata con la vedova?»

«Povera donna, m'ha fatto una pena.»

«Immagino. Hai acquisito qualche dettaglio importante?»

«Nulla di preciso, ma dalla conversazione con la Montinaro sono saltati fuori un paio di elementi che potrebbero risultare interessanti.»

«Per esempio?»

«Mi ha raccontato di una *scoperta sensazionale* avvenuta durante un paio di immersioni di Sisto a Punta Palascia nelle due settimane precedenti alla sua morte.»

«Direi che questa è una notizia. Trovato il movente, il caso è risolto.»

«Lo credo anch'io. Ho già disposto con il magistrato il sequestro del computer di Sisto e del suo archivio fotografico. La compagna ha parlato di cartelle e cartelle piene di foto. Ritengo sia fondamentale soffermarsi su quelle scattate nell'ultimo mese, magari con la consulenza di altri sub esperti dei fondali della zona.»

«Hai già in testa una mezza idea?»

Chicca infilò un paio di monete nella macchinetta. «Potrebbe trattarsi di una importante scoperta archeologica sulla quale qualcuno ha già messo le mani. Di un segreto militare straniero, o di un deposito marino di armi o altro.»

Biondi la guardò con ammirazione. «Caspita, Lopez, diventi ogni giorno più brava.»

«Grazie. Prendi un caffè insieme a me?»

«Si può rifiutare un'offerta da una gentile fanciulla?» s'allargò il capitano.

«Vedi tu» replicò la Lopez porgendogli il bicchierino e cercando di tenere a bada la tentazione di versargli il caffè addosso. «Ti consiglio di non fidarti mai delle apparenze. Spesso le gentili fanciulle mordono a sangue.»

Il capitano rise di gusto. «Da te mi farei mordere volentieri. Se la smettessi di essere così scontrosa potremmo tornare a essere amici. Ottimi amici.»

Chicca si scansò, Biondi le aveva soffiato le ultime parole quasi sul collo, ma a urtarla era stato soprattutto l'accenno al passato, quando la presenza del capitano le provocava sensazioni che non riusciva a catalogare.

«Detto fra noi non ritengo necessario esserti amica. Tieniti a distanza, piuttosto, e preoccupati dei risultati che incassa il comando, e anche tu, dal mio operato.»

Biondi scagliò il bicchierino di carta nel cestino, mancandolo.

«La solita stronza» sibilò sgombrando il campo. «Ricordati che nessuno è indispensabile. Tantomeno tu.»

«Lo terrò a mente» gli gridò dietro lei, aprendo la finestra del corridoio per prendere un po' d'aria.

Quando rientrò nella sua stanza il telefono stava squillando. Visualizzò il numero sul display e temporeggiò qualche secondo per ricordare come dove e quando aveva conosciuto la persona che la stava chiamando. In un attimo le tornò alla mente il glicine, il desktop con l'immagine del porticciolo di Sant'Andrea e Renzo, ancora una volta.

«Pronto?»

«Buongiorno, maresciallo Lopez, sono Mauro De Pascalis. La disturbo?»

«Non si preoccupi. Mi dica pure, avvocato.»

«Guardi, le telefono per l'omicidio del sub avvenuto stamattina. So che si sta occupando del caso e ci terrei a dirle qualcosa nel merito.»

La Lopez si fece attenta e recuperò carta e matita per prendere appunti.

«Conosceva la vittima?»

«No, non si tratta di questo. In realtà ci terrei a riferirle quanto accaduto a un mio cliente ventiquattro ore prima nello stesso identico luogo del ritrovamento.»

«La ascolto.»

De Pascalis temporeggiò.

«Maresciallo, se fosse possibile, prima di procedere a una testimonianza ufficiale da parte del mio cliente, preferirei parlare con lei in maniera del tutto confidenziale.»

La Lopez guardò l'orologio. Segnava le diciassette.

«Va bene. Riesce a raggiungermi a Lecce entro due ore? C'è una caffetteria a due passi dal comando.»

«Aspetti che controllo l'agenda. Sì, ho un paio di appuntamenti ma dovrei riuscire a essere puntuale.»

«Faccia con comodo, da Glenda c'è sempre un'ottima

musica. Non mi dispiace restare lì una mezz'ora in più. A più tardi, avvocato.»

«Grazie, maresciallo Lopez.»

Rilesse il verbale con le dichiarazioni di Chiara Montinaro e si domandò se fosse il caso di riferire a Biondi della telefonata con De Pascalis. Decise per il no, d'altra parte la modalità richiesta era *del tutto confidenziale*, come il luogo dell'incontro. Sulla base della conversazione e di eventuali informazioni attinenti al caso Sisto, avrebbe informato il suo superiore degli sviluppi.

Poco prima delle diciannove cominciò a cadere una pioggerellina insistente e fastidiosa. La Lopez sbuffò, l'idea di tornare a Porto Badisco in moto non era delle migliori. Ferma sui gradini del comando, sollevò il collo del dolcevita fino a coprirsi il mento, legò i capelli in una coda, si calcò in testa un vecchio cappellino da baseball di pelle nera e si avviò verso la caffetteria. Lecce era illuminata dalla luce gialla dei lampioni che enfatizzava il colore naturale dei palazzi e si rifletteva sul lastrico di pietra lucido di pioggia. Avevano ragione i turisti che ogni estate accorrevano a migliaia, la capitale del Salento era un concentrato di bellezza. Soprattutto verso sera, quando i pendolari attraversavano frettolosi il centro storico dirigendosi verso la stazione e le strade si svuotavano.

Il locale era piuttosto pieno. A causa della pioggia molti clienti avevano anticipato l'immancabile ora dell'aperitivo. Quando entrò, Glenda era di spalle intenta a shakerare un cocktail a base di champagne e gin. Dal cappello di feltro nero della barwoman sfuggivano alcune ciocche dei capelli tagliati alla garçon. Chicca si soffermò a guardare il collo da cigno, poi le lanciò un saluto e si diresse verso la saletta.

«Ehi maresciallo» la chiamò quella, «dove vai? Niente *solito* stasera?»

Chicca si girò e scosse la testa. L'idea di parlare di faccende riguardanti l'omicidio Sisto in piedi davanti al bancone di un bar che si trovava a pochi passi dal comando non l'attraeva. «Stasera no, aspetto una persona. Preferisco un tavolo.»

«Chiedi a Camille se c'è ancora posto.»

La socia francese di Glenda le fece un cenno dal fondo del locale. Dietro all'ultimo séparé era rimasto libero un tavolino basso con un paio di pouf.

«Va bene qui?» domandò la ragazza. Aveva i capelli rossi, le lentiggini e sorrideva sempre. Si diceva che la storia d'amore con Glenda fosse finita da un pezzo, ma la società andava a gonfie vele. I cocktail del Glenda's erano i migliori di tutta la città.

«Perfetto, grazie.»

«Ordini subito o preferisci aspettare?»

«Mi raggiungerà un amico, anzi se qualcuno mi cerca avvisalo che sono qui. Nel frattempo, per favore, portami un toast e uno spritz.»

«Ci vorrà qualche minuto, oggi siamo strapieni.»

«Nessuna fretta.»

Si tolse il giubbotto e si rilassò. Era stata una giornata frenetica e a parte un paio di caffè aveva saltato colazione e pranzo. In più il caso Sisto appariva spinoso: un omicidio in mare aperto senza che nessuno avesse visto o sentito niente e con l'assenza totale di telecamere di sorveglianza. L'avvocato e il suo cliente potevano rivelarsi un asso nella manica ma preferiva non farsi illusioni.

Quando De Pascalis arrivò erano quasi le diciannove e trenta e il maresciallo era al secondo spritz. Dallo stato del giubbotto bagnato di pioggia si intuiva che fuori diluviava.

«Scusi, maresciallo, sono mortificato per il ritardo ma ho avuto un contrattempo.»

La Lopez sorrise. «Lascia perdere i titoli. Fuori dal comando e dagli orari di lavoro sono Chicca. Accomodati.»

«Oh be', io sono Mauro allora.»

«Cosa prendi?»

«Uno spritz anche per me, grazie.»

Chicca fece un cenno con la mano a Camille e passò al dunque. «Dimmi, Mauro, di cosa si tratta?»

«Solo se prometti di non farti una risata.»

La Lopez si irrigidì. A che gioco giocava l'avvocato? «Ma figurati. Con un cadavere all'obitorio e un caso da risolvere c'è poco da ridere.»

«Hai ragione, ma tra un minuto comprenderai la premessa.»

«Vai.»

«Ecco, un mio cliente sostiene che ieri mattina durante un'immersione nelle acque di Punta Palascia un'anziana sirena gli abbia sottratto il fucile ad aria compressa e abbia tentato di infilzarlo con un arpione.»

Chicca non fece una piega ma chiese maggiori dettagli. «*Un'anziana sirena* che significa?»

«Testuale. Stando alle dichiarazioni dell'ingegner Costa, la sirena che avrebbe tentato di ucciderlo aveva lunghissimi capelli bianchi, una pelle scura e rugosa come quella delle tartarughe e l'apparente età di una centenaria.»

Chicca impallidì e ripensò alle parole della Montinaro riguardo a qualcosa di strano che Fabio Sisto aveva intravisto durante le precedenti immersioni nelle acque davanti al faro. «*Una scoperta sensazionale capace di rivoluzionare la scienza.*» E ancora: «*Evitare di passare per pazzo o per ubriaco*». Certo, razionalmente era assurdo, eppure in qualche modo le affermazioni di Chiara Montinaro e dell'ingegner Costa erano compatibili. Inoltre Costa sosteneva di essere stato derubato di un fucile ad aria compressa munito di fiocina. Era possibile che si trattasse della stessa arma usata per colpire Sisto alla gola.

«Quanto è attendibile il tuo cliente?»

L'avvocato accarezzò il bicchiere. «Guarda, è un gran rompicoglioni che intenta causa a tutti. Dal vicino di casa all'idraulico e perfino ai suoi stessi parenti. Detto questo, il fatto che possa aver inventato di sana pianta una storia simile, alla luce di quello che è accaduto stamattina, mi pare davvero improbabile.»

«Va bene, voglio fidarmi, ma ho necessità di sapere con certezza assoluta quale modello di fucile gli è stato sottratto e il numero di matrice. Devo anche dirti che qualora si tratti dell'arma del delitto, il tuo cliente avrà bisogno di un alibi.»

«Mi rendo conto.»

«Ho bisogno di queste informazioni il prima possibile.»

«Domani mattina?»

«Meglio stasera stessa. Se è un sub professionista conosce alla perfezione modello e marca del suo fucile. Basterà un messaggio con le indicazioni.»

«Ricevuto. Ti aggiorno il prima possibile.»

«Ci conto.»

«Grazie del tempo che mi hai dedicato.»

«Ma scherzi, anzi grazie a te della collaborazione. Se, come spero, è la pista giusta, ti devo un favore.»

«Figurati. Ciao Chicca, stammi bene.»

«Ciao avvocato, aspetto tue. A qualsiasi ora.»

«Contaci. Buona serata.»

Il maresciallo si trattenne al tavolo ancora una mezz'ora e quando Camille l'avvertì che stavano per chiudere si diresse verso l'uscita sperando che avesse smesso di piovere. Invece si accorse che imperversava un temporale. Tornare a Porto Badisco con la moto era un azzardo. Stava digitando il numero di Gérard, lo psicoterapeuta franco armeno che reputava il suo padre putativo, per chiedergli ospitalità per la notte, quando Glenda salutò Camille, chiuse i battenti al pubblico e la invitò al bancone per l'ultimo cicchetto.

«Vodka?»

«Vodka.»

«Okay. Adesso spero che mi dirai chi era il bel tipo con il quale ti sei appartata tutta la sera. Cosa c'è, hai deciso di saltare il fosso?»

Chicca posò il bicchiere. Glenda sembrava arrabbiata e aveva uno strano luccichio negli occhi.

«Ma figurati. Era un incontro di lavoro.»

«Lavoro. Al bar, e di sera? Ma dài!»

«Non ci vedo nulla di strano.»

«E il séparé allora? Era il caso di nascondersi in quel modo? Non ti pare un troppo intimo per un *incontro di lavoro* quando siamo a due passi dal comando?»

«Si tratta di una faccenda delicata. La persona che ho

incontrato preferiva evitare l'ufficialità di un colloquio al comando.»

Glenda sbatté l'antina del frigorifero. «Sei una stronza, ecco quello che sei. E io che credevo che tu… cioè che noi.»

Chicca spalancò gli occhi e sorrise, quella di Glenda era una scenata di gelosia vera e propria. In quello stesso istante realizzò quanto si fossero desiderate e cercate in tutti quei mesi. Comprese gli sguardi di lei, le piccole attenzioni, qualche messaggio nei giorni in cui il locale era chiuso. E si sentì felice.

Quando Glenda slacciò lo strofinaccio di lino nero che portava annodato alla vita e fece il giro del bancone, le andò incontro, l'abbracciò forte e le chiuse la bocca con un bacio.

Un paio d'ore dopo, nella mansarda della ragazza, riaccese il telefono e lesse il messaggio che attendeva.

"Cressi Saetta 13 mm. Impugnatura bianca. Senza riduttore di potenza. Numero di matricola BV201101."

Tornò a letto, Glenda dormiva. La luce lattiginosa della luna che entrava dalla finestra ne illuminava il corpo nudo. La pioggia aveva smesso di cadere.

Intorno alle undici del giorno successivo arrivarono le prime conferme. La perizia balistica aveva stabilito che il colpo mortale era compatibile con il Cressi Saetta 13 mm dell'ingegner Costa. Ma c'era di più: Costa aveva riconosciuto come di sua proprietà la fiocina che aveva ucciso Fabio Sisto.

«A questo punto» scherzò la Lopez durante una telefonata con l'avvocato De Pascalis «vista l'attendibilità del tuo cliente è lecito credere all'esistenza delle sirene.»

«Come no, e anche a quella del mostro di Loch Ness» replicò l'altro ridendo. «Ma per amor di verità devo confessare che qualche anno fa, visitando una mostra allestita a Corigliano d'Otranto, notai diversi articoli di quotidiani risalenti ai primi anni Settanta e qualcuno di anni più recenti – Ottanta-Novanta credo –, nei quali si parlava di apparizioni di sirene da parte dei pescatori che navigavano nelle acque a poche miglia da Punta Palascia. Qualcuno di loro dichiarava di essere stato derubato del carico di pesca, della barca o dell'attrezzatura. Altri avevano parlato di membri dell'equipaggio spariti in modo misterioso dopo essere caduti in mare nella stessa zona e mai più ritrovati.»

La Lopez recepì l'informazione. «Sei sicuro di quello che dici?»

«Al cento per cento.»

«Quanti anni fa c'è stata la mostra?»

«Una decina, credo. Ci andai con i miei figli che all'epoca frequentavano le scuole elementari.»

«Troppi temo, ma sarebbe interessante rintracciare quegli articoli.»

«Potrei aiutarti a contattare Dina Manti, la sindaca di Corigliano d'Otranto. Conosce ogni angolo del castello e tutto quello che c'è dentro le sale, i sotterranei e la biblioteca. Pensa che ci ha addirittura abitato da bambina. Una cosa è certa: se quei ritagli di giornale esistono ancora, lei sa dove trovarli.»

«A questo punto ti chiedo di mettermi in contatto con lei. È una vicenda quasi surreale, ma c'è un omicidio e un tentato omicidio. Non dobbiamo trascurare niente. Grazie, Mauro, conto sul tuo interessamento.»

«Certamente.»
«Ah, senti, un'ultima cosa.»
«Dimmi.»
«Per quanto riguarda l'alibi dell'ingegner Costa?»
«È inattaccabile. È uscito di casa alle otto, ha attraversato la piazza di Martano salutando a destra e a sinistra, ha bevuto un caffè alla caffetteria Marconi ed è andato in studio. Ci sono almeno dieci persone che possono confermare.»
«A questo punto non resta che rintracciare la sirena.»
«Temo di sì. Buon lavoro, maresciallo.»

Il faro di Punta Palascia, trentadue metri in altezza in mezzo al niente se non il mare e la roccia, era stato dismesso all'inizio del 1970 dopo la decisione da parte dell'autorità portuale di automatizzare la lanterna e controllarla direttamente, facendo a meno della presenza del guardiano. La costruzione adiacente, composta da un grande cubo di tufo dipinto di bianco, fu concessa in uso per novantanove anni, in virtù del diritto di superficie, a Ciccillo Esposito, il guardiano che l'aveva edificata a sue spese. Il diritto si estendeva anche a sua moglie, una donna albanese di nome Dragana Ristić, e agli eredi. Allo scadere del termine pattuito, la costruzione sarebbe diventata di proprietà della Marina militare italiana.

Negli ultimi cinquant'anni nessuno si era più occupato della vecchia casa del guardiano del faro né di chi vi abitava. Ai pochi turisti che si avventuravano sul sentiero fino a raggiungere un cancello arrugginito chiuso da un doppio giro di catena era sempre parsa disabitata. Niente vasi di fiori alle finestre sprangate né panni stesi ad asciugare. Si sapeva solo che Ciccillo, buonanima, era morto annegato qualche anno dopo la chiusura e che al faro erano rimaste la moglie e le due figlie, Ana e Dunja, personaggi strambi che si nutrivano di erba di mare e pesce crudo, che non parlavano italiano e che furono presto cancellate dalla memoria collettiva. A colmare quella lacuna fiorirono molte leggende quasi sempre alimentate dai racconti dei pescatori che attraversando il Canale d'Otranto si trovavano a navigare nelle acque antistanti il faro. Si raccontava di una strega che di notte spegneva la lanterna per far smarrire i marinai, di una feroce piratessa travestita da sirena, di giovani bellissime a seno nudo che attiravano i pescatori per derubarli del carico e ucciderli, di pescatori di frodo spariti in quelle stesse acque e mai più ritrovati né vivi né morti, di una comunità di sirene che popolava il canale, del gran numero di gabbiani presenti in quella zona poiché nutriti con i corpi dei marinai rapiti.

Nonostante l'ampia letteratura sui misteri legati a Punta Palascia, alle guardiane del faro e a quell'ultima punta d'Italia, nessuno della zona si era mai dato pena di verificare se in quelle leggende ci fosse un fondo di verità o se addirittura si ravvisassero dei reati. Era talmente frequente che ogni luogo, paese, sasso o albero del Salento ispirasse uno o più miti legati alle sirene, alle macàre o ad altre entità magiche, che sarebbe parso strano il contrario.

A raccontare quei particolari al maresciallo era stata Michela dell'Idrusa nel corso di una mezz'ora di chiacchiere ritagliata in pausa pranzo nella caffetteria della stazione ferroviaria. La libraia di Alessano, grande esperta di storia, di leggende e di tradizioni legate al Salento, confermò il legame che intercorreva tra esse e il mito delle sirene.

«Pensa che persino Maria Corti ha scritto un libro chiamato *Il canto delle sirene*.»

«Davvero?»

«Certo.»

«Hai una copia in libreria?»

«Verifico appena rientro, altrimenti la ordino e tra un paio di giorni puoi passare a ritirarla.»

«Mi faresti un favore. A parte la leggenda di Leucasia, il canto di Ulisse e la fiaba di Andersen, non conosco altre storie legate alle sirene. Ma ho la sensazione che i libri potrebbero aiutarmi a trovare la chiave di volta per risolvere il caso.»

Michela sorrise. «Ti metto da parte quello che riesco a recuperare in libreria. Di sirene hanno scritto in tanti.»

«Chi, per esempio?»

«Be', Kafka e Giuseppe Tomasi di Lampedusa. Adesso però devo andare, il mio treno parte tra sette minuti.»

«Hai ragione, s'è fatto tardi anche per me.»

Si salutarono con la promessa di rivedersi nei giorni seguenti.

«Grazie, Michela, sei preziosa.»

La libraia l'abbracciò forte.

«Anche tu, Chicca mia.»

Nel lungo corridoio al secondo piano del comando provinciale di Lecce, il maresciallo Lopez contò fino a dieci e bussò alla porta del capitano Biondi.

«Permesso?»

«Oh, maresciallo Lopez. Avanti, avanti.»

«Buongiorno, capitano.»

«Ci sono altre novità?»

«A parte l'ultimo report sull'arma del delitto non credo, ma ritengo necessaria un'ispezione al faro.»

«Come mai? Non è disabitato da anni?»

«Così pare, questo però non esclude che qualcuno possa averlo occupato abusivamente.»

«Giusto. Magari un paio di quei migranti che continuano ad arrivare sulle nostre coste» borbottò Biondi.

«Dati gli accadimenti in prossimità dell'edificio è necessario verificare che i proprietari dell'immobile non vi abitino più. Ho effettuato un controllo incrociato con l'ufficio anagrafe, quello scolastico, quello elettorale e con la ASL: da quasi cinquant'anni non si hanno notizie di Dragana Ristić e di Ana e Dunja Esposito, le sue figlie.»

«Potrebbero essere morte.»

«È strano che non sia giunta notizia. Immaginiamo che siano ancora in vita. Dove sono?»

«Potrebbero essersi trasferite. La Ristić è di origini albanesi, giusto?»

«Esatto, è nata a Dhermi il 19 febbraio 1950. Il 5 dicembre 1969 nella chiesa di Maria Maddalena si unisce in matrimonio con Francesco Esposito detto Ciccillo, nato a Casamassella il 9 luglio 1933, di professione guardiano del faro e deceduto per annegamento in seguito a un malore il 4 gennaio 1972.»

«Quindi la ragazza è rimasta vedova dopo appena due anni di matrimonio e con due figlie piccolissime. È certamente tornata in patria.»

La Lopez storse il muso: le considerazioni semplicistiche di Biondi la irritavano.

«Non ne sono del tutto convinta per due elementi: il primo è che con una delibera comunale del 16 giugno 1970 il faro viene dato in concessione a Esposito e ai suoi discendenti per novantanove anni. Di fatto la Ristić si ritrovò a essere proprietaria legittima. Il secondo fattore è che sei mesi dopo la morte del marito, quando Dragana Ristić partorisce la sua seconda figlia, abita ancora al faro.»

«Come lo sappiamo?»

«Ci sono i certificati. A denunciarne la nascita al Comune di Otranto fu Santina Poiano, nata a Uggiano la Chiesa il 16 giugno 1920, l'ostetrica del paese.»

«Una centenaria, figurati. Sarà morta da dieci anni!»

La Lopez incrociò le braccia, beffarda. «E invece no, è ancora viva.»

Il capitano alzò le mani in segno di resa. «Accidenti, Lopez, non dirmi che sei già andata a parlarle.»

Al maresciallo sfuggì un sorriso.

«Non ancora, ma ho sentito sua figlia per telefono e ho preso appuntamento per le diciassette, quando Santina si sveglia dal riposino pomeridiano. Dal mio punto di vista è una testimone importantissima, probabilmente l'unica ancora in vita.»

«Giusto, non c'è un minuto da perdere. Hai necessità di qualcuno che ti accompagni?»

«Non serve, ho la motocicletta. Quando finisco me ne torno a casa, da Otranto a Porto Badisco sono più o meno dieci chilometri. Il problema è l'ispezione, ci terrei a farla oggi stesso, anche subito. Magari con te, capitano.»

Biondi tamburellò con le dita sulla scrivania.

«Oggi stesso, dici. No perché, per combinazione, proprio oggi c'è in visita ufficiale il generale Troiani. Arriva da Livorno e non farsi trovare ad accoglierlo sarebbe una scortesia.»

«Ci mancherebbe. Ma se ad accoglierlo ci sono schierati il colonnello e il tenente non credo che il generale se ne avrà troppo a male.»

«Non è così, ti ostini a ignorare il rispetto per le gerarchie. Piuttosto, non si potrebbe rimandare il sopralluogo a domattina? Anche molto presto.»

«Non è prudente aspettare tanto. La *sirena* potrebbe uccidere ancora.»

Biondi scoppiò a ridere.

«La sirena? Ma davvero credi a queste cose, maresciallo? Sei come Daniela, la mia seconda figlia. Anche tu da bambina devi aver visto troppi film della Disney! A ogni modo dovresti imparare a rilassarti, a prenderti il giusto tempo per fare le cose.»

«Mi piace la tua filosofia» replicò sardonica la Lopez. «Mi rilasserò stasera a casa con un bicchiere di Negramaro. Ma solo dopo aver fatto l'ispezione a Punta Palascia e dopo aver ascoltato Santina l'ostetrica. Buona parata, capitano Biondi. Non mancare di presentare i miei omaggi al generale.»

Biondi diede una manata sul tavolo facendo sobbalzare la sua sottoposta.

«Sei fastidiosa, Lopez.»

«Per tua fortuna, capitano.»

Chicca uscì dalla stanza di Biondi con un diavolo per capello. "O io o lui" si ripromise, decisa a chiedere il trasferimento subito dopo aver risolto il caso Sisto. Spinse con forza il pulsante dell'interfono.

«Comandi, maresciallo.»

«Rizzo, venga per piacere.»

«Subito.»

«Senta, brigadiere, tra una mezz'ora al massimo, lei e la pattuglia mi raggiungete al faro.»

«Agli ordini.»

Controllò l'orologio, sfilò il chiodo dall'attaccapanni e si diresse verso l'uscita. Sarebbe passata al bar di Glenda per salutarla.

Quando la barista le servì il caffè con un cuoricino disegnato nella schiuma, poco ci mancò che si mettesse a piangere. Aveva avuto tanto poco di quell'amore che spettava di diritto a ogni essere umano che il legame appena sbocciato le parve un dono dal cielo.

«Vai già via?» chiese la ragazza con disappunto vedendola tirare su la zip del giubbotto.

Chicca sospirò. «Ho un'operazione tra poco.»

«Ci vediamo stasera?»

«Stasera non posso, torno a Porto Badisco. Finirò tardi e ho delle cose di lavoro da spicciare e una gattina a cui badare. Non mi vede da ieri.»

«Anch'io non ti vedo da ieri» protestò Glenda a bassa voce.

Chicca scoppiò a ridere. «Da ieri? Ma se ho passato la notte con te!»

«Sì, ma sei andata via mentre dormivo» bisbigliò Glenda.

«Ci vediamo domani.»

«Giura.»

«Davvero.»

«E ti fermi a dormire?»

«Se vuoi.»

Glenda sorrise. «Voglio» disse. Poi le toccò la punta delle dita con le sue. «Siamo connesse.»

«Sì.»

«Ti amo, Lopez.»

«Ti amo anch'io.»

Si baciarono appena, per salutarsi. Un bacio leggero come una piuma, i corpi che aderirono come calamite. Qualcuno ai tavolini ammiccò.

Uscendo si trattenne a guardare gli studenti fermi sui gradini del liceo Palmieri, indossò il casco, i guanti, la sciarpa, diede gas al motore e si sentì la ragazza più forte del pianeta. "Cristo" pensò imboccando la provinciale che da Lecce portava al mare, "da quanto tempo qualcuno non mi diceva 'Ti amo'?"

La tramontana gelida di febbraio agitava il mare fino a spingere le onde a infrangersi fragorosamente contro gli scogli, per poi farle esplodere in mille frammenti di spuma bianca. A Chicca, che scendeva sul viottolo sassoso verso il faro accompagnata dal brigadiere Rizzo e da un paio di carabinieri, quell'immagine ricordò i paesaggi della Cornovaglia di certi libri letti durante l'adolescenza. Una volta arrivata al cancello, attese che Rizzo rimuovesse il lucchetto con una tronchese ed entrò seguita dai colleghi.

Ai piedi del faro, il cuore cominciò a batterle forte per l'emozione, non aveva mai visto nulla di così bianco, perfetto e imponente. Al contrario, la costruzione adiacente appariva disabitata da decenni. Fece un giro intorno, bussò alla porta e ispezionò le finestre: niente, non c'era traccia di vita recente da nessuna parte. Dopo essere salita sulla terrazza si fermò stupita a guardare l'orizzonte. Il vento di tramontana rendeva l'aria nitida e le montagne dell'Albania erano visibili a occhio nudo. Chicca si rese conto, come mai prima di allora, di quanto apparisse vicina la costa straniera e si chiese in quanto tempo fossero navigabili le cinquantacinque miglia che separavano Punta Palascia da Valona. Ci pensò qualche secondo, poi ricordò che c'era qualcuno capace di rispondere alla sua domanda. Avrebbe telefonato a Carmine quella sera stessa.

Era ancora sulla terrazza quando uno dei carabinieri, scendendo una decina di gradini scavati nella roccia, si accorse della presenza di un grande anello di ferro simile a quelli usati dai pescatori per legare piccole imbarcazioni. In alcuni punti le concrezioni calcaree formatesi negli anni erano state rimosse dallo sfregare di una corda.

«Maresciallo Lopez, venga a vedere.»

«Arrivo.» Incurante degli spruzzi d'acqua e dei gradini scivolosi Chicca raggiunse il collega.

«Guardi qui. Qualcuno ha attraccato di recente.»

«Quando, più o meno?»

«Non più di un paio di giorni fa. Prima che cambiasse il vento e cominciasse la tramontana, probabilmente.»

«Quindi dovrebbe esserci una imbarcazione nei paraggi.»

«È possibile, al lato del faro c'è una piccola insenatura con uno scivolo artificiale.»

«Oppure si tratta di visite casuali. Curiosi, fotografi, turisti, sub e via dicendo.»

«È possibile.» Il carabiniere passò più volte l'indice intorno all'anello. «Ecco, tocchi qui, si avverte un piccolo solco più liscio, dovuto a un uso abituale negli anni di una corda da ormeggio. Vuole che sfondiamo la porta d'ingresso per vedere cosa c'è dentro?»

«Non possiamo. L'immobile è di proprietà privata fino al 2069. Ho intenzione di tornare domani con l'autorizzazione del magistrato. Nelle prossime ore potrebbero esserci degli sviluppi decisivi.»

Il carabiniere annuì e le offrì un braccio per aiutarla a risalire. «Prego, maresciallo, si appoggi a me.»

La Lopez si scansò come per schivare un fendente e scostò le ciocche di capelli bagnati dalle onde che continuavano a incollarsi al viso.

«Lasci stare, faccio da sola» dichiarò, rigida. Detestava quando il suo essere femmina veniva visto come una debolezza. Risalì il viottolo con fatica. Era bagnata e aveva freddo, forse riusciva a passare da casa a cambiarsi e a dare la pappa alla gatta, prima di andare a Uggiano la Chiesa a parlare con Santina Poiano. Magari dopo avrebbe potuto tornare a Lecce, fare una sorpresa a Glenda, dormire ancora con lei. Pensò alla sua pelle, all'odore di erbe selvatiche e gin che aveva addosso, le mancava già tantissimo. Raccolse un fiore prima di salire sulla Bonneville, lo mise con cura nello sportellino. "È per la mia ragazza" pensò. E in un attimo tutta la stanchezza scivolò via.

Da Porto Badisco fino a Uggiano la Chiesa bisognava percorrere pochi chilometri di strada provinciale che attraversava le campagne e conduceva a uno dei tipici paesini del

Salento. Case basse dipinte di bianco, chiese, masserie, una torre, tre o quattromila abitanti destinati a diminuire con il passare degli anni e delle stagioni. Mamma Santina, come era sempre stata chiamata in tutto il circondario, viveva in una di quelle case sulla strada che finiva a Casamassella. Da giovane doveva essere stata molto bella, lo si leggeva nei capelli folti e ancora scuri legati in una treccia girata intorno al capo e nel viso fiero, dai tratti come scolpiti nel legno di un ulivo. Era seduta con la stessa regalità di una regina e la stava aspettando. Chicca fu colpita dal modo in cui si era vestita: inguainata in un abito di velluto nero decorato di *jais*. Sul petto spiccava un cameo e sulle spalle teneva una mantellina di pizzo anch'esso nero. Sembrava una prefica pronta per un funerale e Chicca pensò che, se ci fosse stato il capitano Biondi, si sarebbe affrettato a compiere gesti scaramantici inconsulti.

«Iddha è 'a carabbinera?» domandò con un certo sospetto la donna mentre squadrava Chicca, stupita dal suo aspetto adolescenziale.

«Sine, 'sta beddha vagnona» la rassicurò Beatrice, sua figlia, mentre lei continuava a parlare in un dialetto intraducibile, uno di quelli definiti dagli studiosi "del gruppo meridionale estremo", appartenenti alla famiglia delle lingue romanze. Idiomi antichi e carichi di influenze e suggestioni riconducibili ai popoli che avevano dominato il Salento nei secoli: messapi, greci, romani, bizantini.

A fare da interprete tra l'anziana ostetrica e il maresciallo Lopez ci pensò Beatrice, una ventina d'anni più giovane della madre e dunque anziana anche lei tanto da sembrare sorella, non figlia. Che la vecchiaia, pensò Chicca, è una livella al pari della morte.

«Femmina è?» s'informò l'ostetrica scrutandola con gli occhi velati dalla cataratta.

«Femmina, sì.»

«Agghiu capito. Azziditi e dimmi, figghia me.»

«Grazie, signora. Sono qui per avere notizie di Dragana Ristić, la moglie del guardiano del faro. Dai documenti risulta che lei l'ha conosciuta e l'ha assistita durante i parti, anche quando rimase vedova. E dagli atti del Comune di Otranto risulta che fu lei a registrare personalmente la nascita della seconda bambina. È corretto?»

L'anziana si segnò il capo e il petto in un rapido segno di croce e ansimò.

«Madonna mia benedetta, Dragana!» disse poi. «Certo che l'ho conosciuta, 'na selvaggia era.»

«Sa dov'è adesso? E dove sono le sue figlie?» chiese Chicca, ansiosa di sapere.

Santina le fece segno di sedersi accanto, e cominciò a raccontare in una lingua a lei sconosciuta ma che era dolce da sentire. Come una nenia, come la ninnananna che sua nonna le cantava da bambina. Alternava il racconto a singhiozzi e lacrime.

A volte guardava Beatrice, si accorgeva delle sue reazioni di sgomento o di sorpresa e allora le prendeva una mano e gliela accarezzava. Poi si accertava che seguisse tutto il discorso e che niente sfuggisse al resoconto tradotto che di lì a poco le avrebbe fatto. Quella annuiva, a volte appuntando le parole su un foglietto, a volte rimbrottando l'anziana madre o mettendosi le mani tra i capelli.

Santina cuntò, cuntò, fino a che l'orologio della chiesa batté diciannove rintocchi, poi tacque.

«Adesso debbo dire lu rusario» si scusò. «Questa è l'ora della Madonna.»

Prima di salutarla volle un bicchierino di liquore al limone e un bacio da Beatrice. La figlia le fece una carezza sui capelli, le sistemò un plaid sulle gambe e socchiuse la porta della camera da letto.

«Venga con me, maresciallo, mia madre quando dice le orazioni non vuole essere disturbata.»

«Sì, ma cosa ha detto?» chiese la carabiniera, con la solita impazienza.

«Si accomodi, gradisce anche lei un limoncello? È fatto in casa.»

La Lopez sospirò, spesso la gente tendeva a scambiare i colloqui con le forze dell'ordine per visite di cortesia. «In servizio niente alcol.»

«Ha ragione, mi scusi. Allora un tè.»

«Va bene.»

La donna tirò fuori dalla credenza un paio di tazze con i piattini, accese il bollitore, mise al centro del tavolo una metà abbondante di una torta pasticciotto, si sedette di fronte al maresciallo e si prese la fronte tra le mani.

«Gesummio, che giornata strana. Non vedo l'ora che finisca. Da quando lei ha telefonato mia madre non è più stata la stessa.»

«Mi dispiace, purtroppo stiamo indagando su un omicidio e la testimonianza di sua madre potrebbe fare luce su certi misteri. Cosa è accaduto prima che arrivassi?»

«Quando le ho detto del cadavere ritrovato nelle acque di Punta Palascia e di un maresciallo dei carabinieri che voleva parlarle si è agitata moltissimo, a pranzo non ha voluto quasi niente se non una tazza di brodo. Poi mi ha chiesto di acconciarle i capelli e di metterle certe vesti che conservava da anni nel primo cassetto del comò. Sa gli anziani, no? Vogliono tenere tutto pronto. Insomma, mi ha chiesto di mettersi elegante per riceverla. Sono anni che non esce e non vede quasi nessuno.»

«Sono davvero mortificata per il trambusto causato dalla mia visita» si scusò la Lopez, «purtroppo questo colloquio era necessario. E, magari sbaglio, ma ho avuto l'impressione che sua madre abbia raccontato cose che hanno stupito anche lei.»

Beatrice rise amaro.

«Ha ragione, credevo di conoscere mia madre, invece mi sono resa conto di quante zone d'ombra può contenere la vita di qualcuno.»

Chicca controllò l'orologio e bevve un sorso di tè. «Vorrei arrivare al dunque, Beatrice, mi parli di quello che ha detto sua madre a proposito di Dragana Ristić.»

«Vede, maresciallo, a dispetto del tempo e del luogo in cui ha vissuto, mia madre è sempre stata una donna emancipata e modernissima. Una delle prime ad avere la patente, a studiare, a essere indipendente da padre e marito. Ancora prima che cambiasse il diritto di famiglia. Prima che dalla metà degli anni Sessanta si cominciasse a partorire frequentemente in cliniche e ospedali, mia madre fece nascere metà dei salentini. A bordo della sua Seicento, percorreva il Salento in lungo e in largo, paese per paese, chiamata lì dove c'era una donna in travaglio. Spesso quando le famiglie erano completamente analfabete o vivevano in masserie lontane dai centri abitati era lei stessa a farsi carico di denunciare le nascite presso gli uffici anagrafe dei vari Comuni. Addirittura per alcuni sceglieva anche i nomi di battesimo.»

«Andò così anche per Dragana Ristić.»

Beatrice sospirò. «A quanto pare. Mia madre ha detto che i suoi parti furono tra i più difficili della sua carriera. Dragana non parlava la nostra lingua e si rifiutava di collaborare. Entrambe le volte dovettero quasi strapparle le bambine dalle viscere.»

Chicca rabbrividì, quella scena rappresentata con pochi tratti era terribile.

«Cosa si sa di Dragana e delle sue figlie? Dove sono adesso?»

«La vita della moglie di Ciccillo il guardiano è sempre stata un mistero. Fu ritrovata in mare aperto da quello che pochi mesi dopo diventò suo marito. Era stremata, nuda, in acqua da giorni interi. Ciccillo la portò al faro, la curò e decise di tenerla con sé. Dragana era bellissima, così diversa dalle donne salentine scure come le olive. Mamma dice che sembrava una sirena. Biondissima, sinuosa come un'anfora. Metà donna, metà pesce. Aveva occhi di un verde chiarissimo e non imparò mai a parlare la nostra lingua, né a vestirsi, né a cucinare. Stava quasi sempre in acqua, sempre muta. Si nutriva solo di pesce crudo.»

«E Ciccillo?»

«Ciccillo la adorava, come si adorano le divinità. Era affascinato dal suo silenzio, dalla bellezza. E terrorizzato di perderla. Sapesse quanti marinai impazzivano d'amore per lei, quanti le chiedevano di seguirli in altre terre, in altri mari. Tutti la chiamavano "la sirena".»

«Ma poi Ciccillo morì.»

«Sì, annegato in una notte di tempesta. Qualcuno disse che a ucciderlo era stata la moglie.»

«Ah. E perché avrebbe dovuto?»

«Per evitare di figliare. Dragana non avrebbe voluto figli, invece ne ebbe due. Ciccillo morì poco dopo che *la sirena* scoprì di essere incinta di Ana. Mia madre dice che rifiutò di collaborare al parto, con la speranza che la bambina morisse dentro di lei.»

«Ma è terribile! Cosa accadde dopo?»

«Nulla. Mia madre sostiene che rimasero al faro dopo la morte del guardiano e che Dragana è ancora lì, anche se nessuno le ha mai più viste. A parte lei che ogni tanto andava a trovarle per vedere come se la passavano le bambine e a portare qualcosa per loro. Latte, medicine, biscotti.»

«Che storia incredibile. Ma le bambine non hanno frequentato la scuola? Non sono mai uscite da lì?»

«No, mai. Sono vissute come pesci, come la madre. Invisibili di giorno, pericolose di notte. In quegli anni sono fiorite tante leggende intorno al faro e alle acque maledette di Punta Palascia, ma tutti ritenevano fossero solo fantasie, io per prima. Racconti di marinai ubriachi e visionari buoni per gli avventori delle taverne arroccate sui bastioni del porto. Adesso temo che sia tutto vero... Le sirene, le barche rovesciate, i pescatori annegati, i carichi di pesce rubati. "Dragana la piratessa", mamma l'ha definita così. Perché quello era.»

«Già, a questo punto qualcosa torna. Quello che non capisco è perché sua madre non ha mai detto nulla.»

«Le ho fatto la stessa domanda, ma non ha risposto.»

«Ne è sicura?»

Beatrice abbassò il capo. «Sì, sì...»

«E poi, cosa accadde? Le ragazze crebbero e andarono via?»

«Ana morì.»

«Quando?»

Beatrice controllò il foglietto dove aveva annotato nomi, date, fatti accaduti. «Nel 1990. Aveva diciotto anni.»

«Come morì?»

«Di parto. Forse una setticemia. La bambina era nata prematura. Mia madre lo seppe solo cinque settimane dopo, in prossimità del parto previsto. È il suo dolore nascosto, ha detto. Ana era la sua preferita.»

«E il padre chi era?»

«Un marinaio russo. Tornò qualche anno dopo e portò via Irina detta Ana, la bambina. Era identica alla madre e alla nonna. Stessi capelli tanto biondi da apparire quasi bianchi. Stessi occhi sfuggenti colore del mare.»

«E Dragana, e Dunja? Dove sono adesso? Sono stata al faro nel primo pomeriggio e sembra completamente disabitato.»

Beatrice sorrise. «Come negli ultimi cinquant'anni. Eppure no, non lo è. Non so come faccia mia madre a sapere queste cose, ma a sentire lei Dragana è ancora lì.»

«E l'altra figlia?»

Beatrice ricontrollò il foglietto. «Dunja è morta nel 1997 in un conflitto a fuoco con dei trafficanti di armi.»

Chicca Lopez si alzò in piedi per la sorpresa. «Sta scherzando?»

«No, guardi, a meno che non sia mia madre a scherzare.»

«Posso vedere il foglietto?»

«Prego.»

Su un pezzo di carta stropicciata la Lopez vide soltanto strani segni a matita, simili a geroglifici egiziani.

«Che significa? Mi prende in giro? Questi sono solo scarabocchi.»

La donna scoppiò a ridere. «Come, scarabocchi? No no, cosa va a pensare. È stenografia, ho un diploma da ragioniera e ho sempre usato questi segni per verbalizzare velocemente. Si fidi, qualsiasi ragioniere potrà tradurli per lei senza difficoltà.»

«Ho bisogno di parlare con sua madre.»

«Credo stia ancora pregando.»

«È passata un'ora. Beatrice, coprire una eventuale assassina è un reato. A qualsiasi età. Ho bisogno di sapere perché sua madre...»

La donna sospirò. «Va bene, le dirò tutto. So che mamma avrebbe preferito portarsi questo segreto nella tomba, ma poi è arrivata lei e ha deciso di raccontare certe cose del passato. Forse è più facile prepararsi alla morte con la coscienza e il cuore leggeri. Con gli anni gli anziani perdono il pudore e incontrano la verità. Sa una cosa, maresciallo? Io non ho mai conosciuto mia madre come oggi. Per me è sempre stata una creatura misteriosa, forte, moderna più di me che sono la figlia. Eppure ho sempre intravisto nei suoi occhi un'ombra scura che non ero mai riuscita a decifrare. Come un dolore, come una malinconia. Fino a poche ore fa.»

«E adesso?»

«Ho capito cos'era quell'ombra. Ciccillo Esposito, il guardiano del faro, era suo figlio. Un figlio illegittimo avuto da un uomo sposato che l'aveva violentata nei campi quando aveva tredici anni. Quando nacque il bambino le fu tolto e dato a una coppia che non aveva figli, ma lei non lo ha mai perso di vista.»

«E quindi...»

«E quindi Dunja, Ana e la piccola Irina erano le sue nipotine. Le uniche, purtroppo. Io non mi sono mai sposata e non ho avuto figli.»

«Che storia, Dio mio. Adesso si spiegano molte cose.»

La donna abbassò la testa, si asciugò una lacrima. «È così.»

«Mi porti da Santina, la prego. In cambio le prometto che manterrò il segreto che mi ha appena rivelato.»

«Va bene, venga con me.»

Alla luce fioca di una lampada da notte pareva che Santina l'ostetrica dormisse. Invece era morta, di una morte naturale, leggera come la verità che aveva raccontato sgravandosi di quel peso che portava nel cuore. Aveva voluto morire elegante, nei panni che da cinquant'anni teneva pronti nel cassetto del comò, con la treccia grossa come quella che portava da bambina. S'era fatta bella per Ciccillo, adesso che finalmente l'avrebbe abbracciato.

Chicca si avvicinò alla morta, stupita e affascinata dal fatto che si potesse decidere quando morire. Come se ci si mettesse a dormire. La guardò a lungo, la toccò, con una carezza le abbassò le palpebre e solo allora pianse una parte di quelle lacrime che si portava chiuse nel petto da tutta la vita.

Dopo un paio d'ore se ne tornò a Porto Badisco. Toccare con le mani la morte è un'esperienza che avvicina al sacro e non aveva voglia di mischiarla con altre cose. Si mise a letto che non erano manco le nove e non chiuse occhio tutta la notte. Le persiane sbattevano per il vento, il mare mugghiava inferocito perché qualcuno aveva rivelato i suoi segreti e nella testa del maresciallo i pensieri cercavano di mettere ordine alle rivelazioni di Santina. C'era qualcosa che continuava a non tornare.

Nella sala consigliare al secondo piano del castello di Corigliano d'Otranto, Dina Manti, la sindaca di uno dei paesi più belli e antichi del Salento, rispose al centralinista del Comune che l'aveva cercata con urgenza.

«Dimmi, Sicolo, che c'è?»

«Dottoressa, ci sono i carabinieri. Desiderano parlare con lei.»

«Dica di aspettare due minuti, intanto li faccia accomodare.»

«Preferiscono attendere sulla terrazza.»

«E tu lasciali fare, li raggiungo tra poco.»

Quando la dottoressa Manti raggiunse i carabinieri sulla terrazza panoramica, il maresciallo Lopez stava con il naso all'insù ad ammirare le quattro torri circolari di epoca rinascimentale abbellite con statue di santi che rappresentano le quattro virtù cardinali.

«Belle, vero? E pensare che in epoca medioevale erano torri quadre» esordì orgogliosamente la sindaca porgendo la mano ai due carabinieri. «Buongiorno, sono Dina Manti. Come posso essere utile?»

«Buongiorno, maresciallo Lopez e brigadiere Rizzo del comando provinciale di Lecce. Abbiamo bisogno di alcune informazioni.»

«Sono a completa disposizione.»

«Grazie. Nel corso di accertamenti riguardo all'omicidio Sisto, avvenuto nelle acque del Canale d'Otranto, siamo stati informati che anni fa nelle sale di questo castello fu allestita una mostra chiamata *I misteri del mare*.»

La sindaca annuì. «Certo, la mostra dell'estate del 2011.»

«Bene. Tra il materiale esposto c'erano articoli di giornali locali e testimonianze di marinai o pescatori che raccontavano di aver visto delle sirene. Mi rendo conto che è passato del tempo, ma reperire quel materiale, o anche solo una parte, sarebbe fondamentale ai fini dell'indagine.»

«Nessun problema» assicurò la Manti, che sapeva il fatto suo. «Nella biblioteca del castello c'è una sezione dedicata all'emeroteca. È possibile visionare gli articoli selezionati per la mostra e molti altri. Sono anche consultabili in formato digitale, se desidera farlo dal suo ufficio.»

La Lopez sorrise. Uno dei suoi rari, rarissimi sorrisi. «Che efficienza, sindaca, complimenti.»

«Le dirò, maresciallo, un tempo ho abitato proprio in questo castello. Per un periodo è stato adibito a manifattura dei tabacchi, se ne occupava mio padre. Dopo molti anni sono tornata in quelle stesse stanze in qualità di prima cittadina, ma per me questa resta casa mia e ne ho cura come se davvero lo fosse.»

«È una cosa molto bella e le fa onore. Se permette io e il brigadiere diamo un'occhiata all'emeroteca, ed eventualmente ci organizziamo per una consultazione a distanza.»

«Certo. Vi affido al dottor Luigi Costantino, il direttore della biblioteca. Sarà a vostra disposizione per la consultazione del materiale.»

«Grazie ancora. Arrivederci.» Chicca Lopez e il brigadiere Rizzo si trattennero un paio d'ore nella saletta informatica ed esaminarono parecchio materiale. Quasi tutti gli avvistamenti di una o più sirene e le denunce inerenti a naufragi, annegamenti e atti di pirateria intorno alle acque di Punta Palascia si concentravano nell'arco di circa trent'anni. Più precisamente tra gli inizi del 1972 e la fine del 1997. Il maresciallo verificò le date sull'agendina rossa: era il periodo di tempo intercorso tra l'anno in cui era annegato Ciccillo il guardiano e quello in cui Dunja era morta ammazzata.

Di ritorno al comando, la Lopez riferì gli sviluppi al capitano Biondi. «È evidente» congetturò il maresciallo durante la riunione con il suo superiore «che Dragana abbia difeso a ogni costo la zona d'azione dei traffici illeciti suoi e di sua figlia. Dopo la morte di Dunja i giornali registrano solo sporadiche apparizioni di un essere marino sconosciuto, un paio di barche capovolte e qualche rete a strascico tagliata sott'acqua, ma nessun morto.»

«E adesso perché sarebbe tornata alla carica?» chiese Biondi soffocando uno sbadiglio e controllando l'orologio. Era venerdì, alle diciannove c'era un anticipo di campionato e la Lopez non si decideva a concludere. S'era fissata con la storia delle sirene e non c'era verso di farle cambiare idea.

«Deve essere accaduto qualcosa che ancora non so» ammise Chicca, «ma è questione di pochi giorni. Ho il mandato del magistrato per una perquisizione prevista nella giornata di lunedì. Nel frattempo ho predisposto una sorveglianza del faro e delle acque antistanti ventiquattro ore su ventiquattro.»

Il capitano batté le mani sulla scrivania e si alzò. «Benissimo, Lopez, se ci sono novità chiamami. Buon fine settimana, vai a bere qualcosa di forte. Te lo meriti.»

"Deficiente" fu la risposta muta accompagnata da un saluto militare di circostanza.

Ci aveva pensato tutta la notte, se fosse il caso di telefonare a Carmine oppure no, adesso che s'era di nuovo fidanzata e che in qualche modo aveva deciso da che parte stare. Glenda le piaceva moltissimo, le aveva ridato entusiasmo. La sicurezza no, quella era un'altra cosa. Le pareva che la sua vita fosse costruita su fondamenta sabbiose, facili a franare e a essere cancellate dalla prima onda come i castelli di sabbia costruiti dai bambini con palette e secchielli.

Certo, se mai avesse avuto dubbi su quell'onda magnetica chiamata "telepatia", capace di sintonizzare il pensiero mettendo in contatto due persone a distanza, sarebbero svaniti all'istante davanti al nome "Carmine" che lampeggiava sul display.

Si tirò su appoggiando la schiena al cuscino e rispose.

«Ti stavo pensando.»

«Ma guarda!» replicò Carmine ironico. «Dici sempre così, ma da quando ci conosciamo a cercarti sono sempre io.»

«Stavolta è vero» sussurrò Chicca, ancora colpita dalla coincidenza.

«Ma sì, dài, ti credo. Può mai mentire un maresciallo dei carabinieri?»

«Eh, può sempre succedere. Faresti bene a non fidarti mai.»

«Buono a sapersi. Senti, ti va di fare un giro in barca tra un paio d'ore al massimo?»

La ragazza spalancò gli occhi. Caspita, e chi era Carmine, un mago? Aveva da giorni in testa la stessa idea.

«Dove andiamo?»

«Pensavo di arrivare fino a Leuca, attraccare e mangiare qualcosa alla taverna del porto. Preparano un'ottima frittura di pesce.»

«Okay. Possiamo anche vederci prima. Dammi il tempo di fare doccia e colazione e ti raggiungo a Otranto.»

«Ti aspetto per le dieci. Mi trovi al molo 3 posto 21 del porto turistico. Vicino ai Bastioni. La barca si chiama *Salamandra*. Se hai difficoltà chiama.»

«Sono un maresciallo, non te lo scordare: trovo sempre tutto. Dagli assassini fino ai barcaioli.»

Il porto turistico di Otranto era una cartolina, uno specchio d'acqua smeraldo punteggiato di eleganti barche a vela, a ridosso di quel castello aragonese dove Horace Walpole nel 1764 aveva ambientato *Il castello di Otranto*, il primo romanzo gotico mai scritto.

Trovare la *Salamandra* si rivelò abbastanza facile anche perché Carmine la stava aspettando sul molo con indosso una giacca di tela cerata gialla, sbracciandosi per farsi notare. Chicca gli porse un paio di pasticciotti incartati in un vassoietto dorato e un paio di caffè. «Scusa, ma non sono riuscita a comprare altro. Volevo portarti un regalo ma i negozi sono ancora chiusi.»

«Sei tu il regalo, maresciallo» replicò Carmine inchinandosi scherzosamente al suo passaggio e offrendole una mano per sostenerla sulla passerella.

Il primo istinto di Chicca fu di rifiutare, invece per una volta accettò l'aiuto e si complimentò per la barca.

«Allora Leuca?» chiese Carmine per accertarsi che non avesse cambiato idea. La carabiniera era volitiva e lui non voleva rogne.

«Leuca, sì» sospirò la ragazza. «È casa mia, lo sai.»

Carmine si batté una mano sulla fronte. «Che stupido, lo avevo dimenticato. E io che volevo fare il brillante mostrandoti un posto incantevole! Se vuoi, cambiamo programma.»

Chicca distolse lo sguardo, rincorse l'orizzonte.

«Va bene Leuca. Non mi capita di andarci da mesi.»

«Si va allora.»

Il mare era mosso ma l'aria era tersa come cristallo e arrivati all'altezza di Punta Palascia Carmine indicò le montagne albanesi e l'antico faro di Othoni, un'isoletta greca, visibili in lontananza. «Hai visto che magia? Sembra quasi di poterli toccare con le mani.»

«Che distanza c'è tra le due coste?»

«Quaranta, quarantacinque miglia al massimo.»

«Sembra incredibile. Puoi fermarti qui per qualche minuto? Vorrei scattare delle foto.»

«Certo.» Carmine ammainò la vela e calò l'ancora. «Vuoi un bicchiere di vino? Sono attrezzato anche per l'aperitivo.»

«È ancora presto, adesso sto lavorando.»

«Agli ordini, maresciallo, credevo fossi fuori servizio.»

Chicca scosse il capo. «Impossibile, devo prima trovare l'assassino. I pensieri ronzano anche mentre dormo.»

La vista del faro dal mare era stupefacente e consentiva di notare prospettive che sfuggivano dalla terraferma. Chicca scrutò ogni dettaglio con il binocolo di bordo e le parve che dalla canna fumaria del vecchio forno di pietra al lato dell'edificio uscisse un filo di fumo.

«A che punto siete con l'indagine?» chiese il griko, affettando un salamino sul tagliere.

Il maresciallo lo guardò in silenzio prima di decidere se fidarsi o no.

«Insomma. Qualcosa sta venendo fuori, ma a volte ho l'impressione di essere in un romanzo di García Márquez.»

Carmine la guardò strano.

«Il realismo magico, no?» insisté lei.

«Marescià» confessò Carmine, «su certe strade non ti seguo. Sono un geometra, io.»

«Lo so, ma il Salento è una terra di mistero, il mito si mescola quotidianamente con il reale. Occorre tenerlo presente in qualsiasi ambito. Anche se hai un'impresa di costruzioni.»

Carmine svicolò. «Hai già individuato il potenziale omicida?»

«Tutti gli indizi sembrano condurre a una sirena di nome Dragana.»

«E com'è questa sirena?»

«Chi l'ha conosciuta in gioventù ne ha decantato la bellezza. Al contrario l'ingegner Costa ha dichiarato che è una vecchia e rugosa come una tartaruga.»

«Quindi invecchiano anche le sirene» mormorò Carmine. «Non è una buona notizia. Credevo fossero immortali.»

Chicca sollevò la testa, sorpresa. «Tu credi alle sirene, Carmine?»

«Certo. Ne ho incontrata una un paio di settimane fa. Una sirena russa, per la precisione.»

«Ma guarda. E dove l'avresti incontrata, questa sirena?»

«A Calimera.»

«Figurati. A Calimera non c'è neanche il mare.»

«Lo so. Ma lei sembrava uscita dall'oceano. Alta, flessuosa, i capelli lunghi fino alla vita color biondo cenere, gli occhi verdi, la pelle bianchissima.»

«Cosa voleva da te?»

«Consigli.»

«Consigli su cosa?» indagò la Lopez sospettosa.

«Che c'è, sei gelosa?»

«Ma figurati, è solo che la cosa mi interessa.»

«Peccato, mi stavo illudendo di piacerti almeno un poco. Chiedeva consigli su una ristrutturazione.»

«Vai avanti.»

«Mi ha contattato un paio di settimane fa via mail spiegandomi che è tornata da poco a vivere in una vecchia casa di famiglia a pochi metri dal mare e che ha bisogno di suggerimenti su una veloce ristrutturazione fai da te.»

«Che significa "fai da te"?»

«Alla lettera. Ha detto di essere appassionata di restauro e di avere bisogno di alcune indicazioni su vernici idrorepellenti e altre cose tecniche.»

«E tu cosa le hai detto?»

«Mi sono offerto di effettuare un sopralluogo, ma la sirena russa ha detto che non era disponibile.»

«Tu conosci il russo?»

«Neanche una parola. Mi ha scritto in inglese e fino a lì ci arrivo persino io che non conosco García Márquez.»

La Lopez fece una smorfia. «Il solito permaloso. E poi, è venuta a Calimera?»

«No, magari. Abbiamo organizzato una videochiamata su Skype per dare un'occhiata agli ambienti. E lì l'ho intravista. Lo schermo del computer m'è parso un acquario con dentro una sirena.»

«Uffa. Com'era la casa?»

«Molto grande. La tipica casa salentina. Soffitti alti, volte a botte imbiancate a calce. Semivuota e in completo stato di abbandono. Le ho consigliato delle vernici specifiche e altre cose.»

«Ti ha detto come si chiama?»

«Ana.»

Alla Lopez sfuggì un grido di sorpresa. «Ana? Hai detto Ana?»

«Sì, perché? Cosa c'è di strano?»

«Ana non è un nome russo, è un nome albanese. In russo è Anna.»

Carmine scrollò le spalle. «Che pignoleria! E che sarà mai una lettera in più?»

«È un dettaglio importantissimo invece. Hai notato qualcosa di strano?»

«Fammici pensare… in effetti sì, ho notato un paio di cose: la prima è che la videochiamata era molto disturbata come se arrivasse dall'estero e la sec…»

«Aspetta un momento.»

Chicca abbassò il binocolo e tirò fuori il telefono dalla tasca del jeans, controllò lo schermo. Il cellulare aveva agganciato la cella di una compagnia telefonica greca. «Petroulakis Telecom. Mostrami il tuo cellulare per favore.»

Carmine scese sottocoperta e risalì con il suo telefono. «Ha solo una tacca, ma sul display compare il segnale di una telefonia albanese. Te l'ho detto, no? Siamo vicinissimi a Grecia e Albania.»

Chicca non rispose, armata di binocolo continuava a scrutare con attenzione verso Punta Palascia.

«Che hai? Sei pallidissima. Mal di mare?»

«Prometti di non ridere.»

«Prometto.»

«Non so, forse è solo suggestione, ma anch'io ho avuto l'impressione di vedere una sirena tra i flutti. O magari era solo un grosso pesce.»

«Forse un delfino, o un tonno. A volte si avvicinano pericolosamente alla riva.»

«Non esistono delfini verdi.»

«Già.»

«Qual era l'altra cosa strana che hai notato?»

«Un dettaglio minimo.»

«Avanti.»

«Il riflesso sul vetro di una finestra di una sofisticatissima apparecchiatura elettronica.»

«Ah.»

«C'è un'ultima cosa. Un paio di giorni dopo, in una mail, mi ha chiesto a quanto ammontasse il costo della consulenza e se accettassi criptovalute.»

Il maresciallo Lopez restituì il binocolo.

«Torniamo indietro.»

«Adesso?»

«Sì, per favore.»

«E Leuca, e la frittura?»

«Un'altra volta. È urgente.»

«Dipende da qualcosa che ho detto?»

«Sì.»

«Cosa?»

«Lo saprai a tempo debito. Ma credo di aver risolto il caso.»

Le ore che seguirono furono concitate. Fu necessario rintracciare il magistrato per le autorizzazioni, aspettare il buio e organizzare il blitz a Punta Palascia. Intorno alle diciotto, quaranta uomini circondarono il faro e sfondarono una porta murata dall'interno. Quello che videro andava al di là di ogni immaginazione: distesa su un vecchio materasso c'era Dragana. La donna, un tempo bellissima, con gli anni aveva assunto l'aspetto di un essere marino fantastico, qualcosa che solo Jules Verne avrebbe potuto immaginare. L'esposizione all'acqua e al sole, oltre al tempo, aveva reso la pelle verdastra e avvizzita. I capelli erano un manto grigio lunghissimo che la copriva fino ai piedi. Alla vista delle forze dell'ordine balzò dal materasso come una cavalletta e afferrò un arpione arrugginito minacciando a gesti i carabinieri che cercavano di avvicinarsi. Nessun suono usciva dalla sua bocca, ma gli occhi, ancora verdi e lucenti come dovevano essere un tempo, erano quelli di una pazza. Mentre alcuni carabinieri si occupavano di lei, il maresciallo Lopez, affiancata dal capitano Biondi, sollevò una botola di metallo, si calò in un cunicolo attraverso una scala a pioli e si ritrovò in uno stanzone che affacciava su uno strapiombo sul mare. Un'intera parete era occupata da sofisticatissime apparecchiature elettroniche. Sulla sinistra, attraverso un passaggio sotterraneo, era possibile accedere alla costruzione che inglobava il faro. Salirono in fretta gli ottanta gradini che portavano alla lanterna e, illuminata a tratti dalla luce intermittente del faro, la videro. Attaccata al vetro come un enorme ragno, inguainata in una tuta di pelle nera e con in mano un kalashnikov, c'era Irina Lebedev detta Ana. Irina, figlia di Ana, la ragazza morta di parto, e nipote di Dragana. Irina che dopo la morte di sua zia Dunja era stata portata in Russia da suo padre. Lì si era laureata in Ingegneria informatica e in pochi anni era diventata una delle cinque cyber criminali più pericolose del pianeta, ricercata dalle forze di polizia intercontinentali per aver violato i sistemi di sicurezza bancari di molti Paesi, spostando ingenti quantità di criptovalute in fondi blindati. Illuminante per la Lopez era stata la connessione tra un dispaccio dell'Arma riguardante un mandato di cattura per tale Irina Lebedev, un paio di micidiali occhi verdi che bucavano la foto identificativa e il racconto di Carmine. Quando il griko aveva parlato di criptovalute, il cerchio si era chiuso. Aveva capito che se Dragana aveva ricominciato a uccidere per difendere i confini marini della sua proprietà, doveva essere accaduto qualcosa di grosso.

Nella lanterna del faro ci fu uno scontro a fuoco dove sia il capitano sia la Lebedev rimasero feriti ma senza gravi conseguenze.

La notizia dell'arresto di una pericolosa criminale fece il giro del mondo e la storia delle guardiane del faro incuriosì l'opinione pubblica. Ci fu una conferenza stampa al comando provinciale di Lecce e le domande furono tutte per la giovanissima ragazza maresciallo.

Superate le prime reticenze, poiché il capitano Biondi era ricoverato in ospedale, la Lopez si concesse ai giornalisti accettando persino un'intervista al telegiornale nazionale. «È stato incredibile scoprire come nell'arco di cinquant'anni tre generazioni di donne abbiano potuto rappresentare un paradigma criminale in continua evoluzione. Una nonna piratessa, una zia trafficante di armi e una nipote pirata informatico. Per fortuna è finita. Grazie a tutti, viva l'Arma dei carabinieri.»

Un paio di settimane dopo, Chicca Lopez accordò a Carmine il bis dell'escursione domenicale a Leuca, stavolta preferendo la moto alla barca. Prima però fecero una passeggiata fino a Punta Palascia. Gli edifici erano ancora sigillati dalla procura ma era possibile accedere alla terrazza attraverso la scala esterna. Erano seduti sui gradini a guardare il mare quando la videro. Una piccola Ariel disneyana che nuotava tra i flutti con i suoi capelli biondissimi. Si guardarono in viso, stupiti. «L'hai vista anche tu?» chiesero all'unisono, poi Carmine si affrettò a gettarsi in acqua nel tentativo di recuperare la bambina, che nel frattempo era sparita dietro la roccia.

Il griko tornò dopo una decina di minuti, bagnato e infreddolito. Allargò le braccia e si scusò. «È scappata.»

«Ho visto, sì.»

«Dev'esserci una grotta e probabilmente conduce ai sotterranei del faro.»

«Credi che sia la figlia di Irina?»

«Lo è sicuramente, sono identiche. Non avrà più di sei o sette anni.»

«Dunque la storia continua» rifletté Carmine, osservando il mare nella speranza di individuare la piccola.

«No, questa volta è diverso» replicò la Lopez, con la voce che tremava per l'emozione. Ripensava a se stessa bambina, rimasta sola al mondo, e a quanto la figura di Gérard, lo psicoterapeuta che la seguiva nella casa famiglia dove era ospitata, fosse stata per lei una guida e lo fosse ancora. Decise che, sfidando le leggi, si sarebbe presa cura della figlia di Irina fino alla maggiore età. «Che vuoi dire?» chiese Carmine.

«La storia siamo noi a doverla cambiare e io lo farò. Troverò quella bambina e la terrò con me. Mi prenderò cura di lei. Tu mi sei testimone.»

Carmine l'abbracciò forte. «Brava, Chicca. Se me lo permetterai io ti sosterrò. Tu sarai un'ottima madre e io potrei essere un buon papà.»

Chicca lo guardò dall'alto in basso, aveva poca fiducia negli uomini. Il rifiuto di suo padre a riconoscerla come figlia l'aveva segnata per sempre.

«Vedremo. Intanto aiutami a prenderla.»

In quell'istante la piccola apparve ancora, era salita sul terrazzo e faceva marameo al vento. In silenzio, come la sua bisnonna.

«Come la sua bisnonna» rifletté la Lopez a voce alta.

«Dragana» gridò all'improvviso, incamminandosi verso di lei a grandi passi. «Dragana, aspettami.»

La bambina girò la testa, sorrise. «*Da, da*» rispose, scendendo i gradini di corsa e correndo a perdifiato tra le braccia di Chicca Lopez.

MARILÙ OLIVA

L'ultimo blues di Salomè

I

Il vicequestore Maccagnani immaginò che la questione sarebbe finita in pasto ai media, perché in molti conoscevano Louis Pintori. Per questo volle prima parlare con la sua giovane ispettrice, Micol Medici, convocandola nel proprio ufficio. Lei non lo aveva mai sentito nominare.

«Chi sarebbe Louis Pintori?»

«Il più importante agente discografico italiano. Almeno per quanto riguarda i talenti femminili. Ha lanciato B. Bouche, La Rossa, Louiselle...» Maccagnani sciorinò una serie di nomi da hit-parade che Micol aveva sentito in radio, ma anche qualche vecchia stella jazz che piaceva a sua madre. Lei non ascoltava i successi-meteora da *Battiti Live* né le classifiche del momento, era più da rock e musica folk.

«Cosa gli è successo?»

«Non lo sappiamo, hanno chiamato dal palazzo per lamentarsi del cattivo odore che proviene proprio dall'appartamento dove ha sede la sua società e tu sai che, quando riceviamo allarmi di questo genere, non va mai a finire bene.»

«Non c'è una segretaria che possa controllare?»

«Sì, ma al momento è in vacanza alle Maldive e ci hanno

detto che di solito lui resta al lavoro anche di sera. Vedrai che lo troverete mezzo decomposto alla sua scrivania.»

Così infatti lo individuò la Squadra mobile capitanata da Micol, dopo che l'agente scelto Ivo Tiberio Ginevra ebbe spalancato l'uscio d'ingresso con una delle sue spintonate d'assalto – era eccezionale, lui, a gettarsi e aprire le porte di spalla, sembrava un eroe dei fumetti, uno di quelli invincibili che non si scompongono mai. L'ispettore Iacobacci invece no, non si sporcava le mani, anzi, le prime volte aveva provato a fermarlo: «Ivo, devono occuparsi i vigili del fuoco di queste cose!». Si era pure lamentato con Maccagnani, ma non era valso a nulla.

Entrarono in quell'ufficio centralissimo, a poche decine di metri dalle Due Torri, tenendo conto delle dovute cautele che prevedeva il protocollo, ma senza armi puntate. L'odore nauseabondo li aveva travolti fin dal pianerottolo e si era fatto acutissimo varcata la soglia. Era chiaro che il cadavere si trovava nella penultima stanza in fondo.

Micol avanzava davanti, benedicendo l'uso della mascherina imposta come precauzione, anche se il lockdown era terminato da un pezzo. Nonostante la buona abitudine di legarsi in un concio i capelli ricci, si sentì lo stesso contaminata dal tanfo. Appena giunta a casa, pensò, si sarebbe depurata con una lunga doccia calda. Affrettò il passo, i suoi polmoni già reclamavano ossigeno, e comunque voleva studiare la scena del crimine prima che arrivasse la Scientifica e si impadronisse degli spazi, dettando legge a tutti e circoscrivendo i movimenti. Certo, occorreva muoversi senza contaminare, questo era ovvio. E intanto cercava di esercitarsi con l'apnea, pratica cui le lunghe nuotate in piscina l'avevano abituata.

Louis Pintori era riverso sulla poltrona del suo ufficio che gridava kitsch da ogni metro quadrato, in primis quella pelle di tigre vera usata come tappeto, impregnata del sangue sceso giù copioso dalla gola. Esattamente sopra di lui, un lampadario psichedelico, che sembrava rubato a una discoteca anni Ottanta, illuminava una scrivania di alabastro nero su cui poggiava una riproduzione di *Afrodite Cnidia*. Appesa alla parete, una libreria senza tomi ma piena di schedari e oggettistica varia, trofei, riconoscimenti, dischi d'oro, ogni cosa coperta di polvere. Innumerevoli foto ai muri con cornici barocche, altre lignee, altre moderne dai colori svariati, dal fucsia al giallo fosforescente, stridevano tra loro. Nella maggior parte era ritratto Louis Pintori con le cantanti cui aveva decretato la carriera: in alcune sorrideva, in altre era in compagnia di politici o celebri imprenditori. Un muso d'orso imbalsamato sembrava spiare tutto dall'angolo di una parete e, sotto un vetro fumé, era custodita una chitarra che una scritta millantava fosse appartenuta a Elvis Presley.

Sgozzato come un maiale, Louis Pintori teneva la testa, quasi calva, reclinata all'indietro e le braccia cicciottelle posate sui braccioli in maniera così innaturale che i tre poliziotti ebbero lo stesso pensiero. Fu Iacobacci a formularlo:

«Lo hanno sistemato così apposta».

«Esatto» chiosò Ivo Tiberio Ginevra col suo tipico accento siciliano, prima di lasciarsi andare a un «Oh minchia!» proprio nel momento in cui Micol, facendo ruotare la poltrona, palesava la parte più sconvolgente della scena del crimine. Soprattutto per la sezione maschile della squadra, che fissava allibita la zona genitale del cadavere, trafitta da un tagliacarte di metallo. La sagoma di una sirena affondava la sua coda appuntita sul fallo. La figura della ragazza aveva un braccio in posa nei capelli mossi, l'altro piegato ad angolo con la mano sul fianco. L'assassino si era premunito di slacciargli i pantaloni.

«Minchia che cattiveria!» esclamò di nuovo l'agente scelto Ivo. «Ma che fece 'sto cristiano per ridurlo così!»

Micol una risposta ce l'aveva, ma non amava esporsi quando era in compagnia di Iacobacci. Primo: lui non le era simpatico a pelle. Secondo: aveva cercato di fregarla diverse volte, durante le indagini precedenti. Terzo: era un maschilista patentato, convinto che lei non meritasse di essere un gradino al di sopra di lui, quindi tendeva all'insubordinazione, quando non alla scorrettezza, con un'insistenza che sconfinava nella recidiva. Perché condividere con lui le sue conclusioni?

In quel momento entrò la dottoressa Virginia Buldini e Ivo si liquefece, era il suo sogno impossibile. Una delizia anche solo per gli occhi, la medica legale, il risultato genetico dell'incrocio tra una donnina di Manara e la *Venere* di Botticelli, ma col taglio a carré di Valentina di Crepax. Indossava i guanti in lattice e, come tutti, la mascherina. Dopo aver alzato braccia, spostato con delicatezza vesti, esaminato parti anatomiche, in pochi minuti giunse alle sue conclusioni:

«Deve essere morto da non più di ventiquattro ore. Lo sgozzamento è la causa mortis, la ferita inferta ai genitali è successiva».

«Perché?» domandò Ivo più per il gusto di sentire la sua voce da ragazzina che per la curiosità della risposta.

«Perché sono comparsi i primi segni della putrefazione, ho notato una macchia verde a livello della parete addominale.»

«Segni di violenza, di costrizione?»

«A prima vista mi sembra che non ce ne siano, chiaramente l'ultima parola sarà data ad analisi autoptica completata.»

La dottoressa Buldini si piazzò dietro al cadavere per mostrare la dinamica del delitto, ma solo Micol e Iacobacci la ascoltavano. L'agente Ginevra era perso dietro ai suoi occhi a mandorla, che si dirigevano professionali agli interlocutori:

«L'assassino lo ha attaccato da dietro, ma strano… non scorgo alle mani lesioni da difesa: o è stato colto all'improvviso o è stato prima stordito. Il taglio è situato nella regione mediana del collo; la ferita è unica, orizzontale e profonda. Se l'incisione è stata effettuata, come credo, da un aggressore destrimane ubicato alle spalle della vittima, è partita qui, vicino all'orecchio sinistro, è proseguita a livello della regione anterocervicale» intanto col dito seguiva il taglio «assumendo un andamento orizzontale ed è terminata in prossimità dell'orecchio destro».

«Ferita profonda?» domandò Iacobacci.

«Sì. Se vuoi sapere chi può averla inferta, la risposta è una mano sia maschile che femminile.»

«Hai idea di che arma sia stata usata?» s'informò Micol.

«Sospetto un'arma bianca come un coltello, vedete le caratteristiche *codette*, cioè i prolungamenti superficiali del taglio situati agli angoli della ferita? Dove la lama penetra o esce, le codette sono utilissime proprio per riconoscere la direzione del taglio. Quando la superficie cutanea colpita è incurvata come il collo, la codetta di entrata è lunga e sottile, mentre quella di uscita è breve e tozza.»

«Virginia, prima hai detto che la vittima non ha ferite da difesa. Com'è possibile che si sia fatta attaccare così alle spalle?» aggiunse Iacobacci. «L'unica è che conoscesse il suo carnefice.»

"Non solo lo conosceva" pensò Micol, "ma si fidava al punto di voltargli le spalle."

Club 27

Appartengo alle maledette del Club 27, ne avrete sentito parlare anche voi, no? Musicisti, rapper, artiste, in prevalenza cantanti, che dal 1911, consenzienti o meno, sono morti a quell'età. Hendrix, Joplin, Morrison, Cobain, Winehouse, per citare i primi nomi che mi vengono in mente. Per me non si può parlare di decesso, almeno non nel senso letterale. Respiro ancora, mi batte il cuore, ho attive tutte le funzioni vitali. Il che, credetemi: è molto peggio. Ma a ventisette anni e quattro mesi esatti sono morta dentro e sono morta per sempre. Quando accade, non c'è più via per resuscitare. Nessuna riabilitazione, nessun percorso psicologico, nessun training autogeno. A livello spirituale resti azzerata, il mio unico combustibile è rimasto la sete di vendetta e questo mi ha resa una zombie vivente, al diavolo le belle parole di chi crede nei paradigmi di salvazione: che si faccia un giro per il mondo, che scopra quanto è feroce la legge del più forte, quanto se ne sbatte di buoni principi e parole di speranza.

Ma andiamo per ordine: da bambina gorgheggiavo nel coro del Teatro Comunale di Bologna. I miei mi avevano mandato lì, disdegnando l'ambito Antoniano, perché dicevano che avrei ricevuto una formazione più professionale.

E così fu.

Mi avevano gettato addosso la loro ambizione e, quando se ne dimenticarono, presi dai loro impegni e dal loro lavoro altisonante, si scordarono anche dei danni che avrebbe potuto arrecare. Ma ormai il mio destino era segnato.

Apprendere le canzoni significava sillabare in nota ogni parola e all'inizio non mi raccapezzavo, non ero in grado di associare la scala ai suoni. Poi qualcosa è cambiato quando il *la* mi è entrato per sempre nell'orecchio.

Imparai i canti popolari come *Lo spazzacamino* e mi distinsi tra i talenti, al punto da essere spesso inquadrata come solista. Restai al coro diversi anni, nonostante detestassi la nostra direttrice principale, maestra Giovanna, una sorta di Hitler in gonnella che amava umiliarci e farci sdraiare davanti a tutti per insegnarci i movimenti del diaframma. Resistetti eroicamente al clima da caserma perché amavo i solfeggi e le prove, ma anche le esibizioni la domenica il tardo pomeriggio, davanti al pubblico d'élite della dotta città turrita. I miei studi al Comunale erano più importanti di quelli istituzionali, che trascuravo con buona pace dei miei genitori. Loro in fondo approvavano, era chiaro a tutti: sarei diventata la nuova Mina della canzone italiana. Ero la figlia prediletta di tre sorelle, chiunque mi ascoltasse mi faceva i complimenti e si dava per scontato che la mia stella sarebbe brillata nel firmamento sonoro. Nessuno prendeva in considerazione la possibilità che qualcosa potesse andare storto. «È così melodiosa la tua voce» ripetevano. «Sei nata per questo.»

Quando fui costretta a ritirarmi dal coro del Comunale per un episodio di insubordinazione – ricordate quell'odiosa

Giovanna, l'insegnante-dittatrice? Le avevo soltanto messo una lucertola nella borsetta per vendicarmi di una sua scenata – nessuno in famiglia vi diede particolare peso. Ero già un'adolescente e ottenere subito l'incarico di front-girl in una prestigiosa band del liceo mi diede l'illusione non solo di essere davvero una bomba, ma soprattutto un pezzo raro. Unica femmina in un gruppo dove alla batteria, al basso, alla tastiera e alla chitarra smanettavano maschi quasi tutti anonimi: anche lì per me non fu difficile emergere, complici le ore di esercizio e una propensione al canto che mi portavo dietro orgogliosamente. Concerti alle feste della scuola, ai compleanni, ai grandi eventi: divenni una ragazza molto popolare. L'aspetto attraente mi aiutava. Il fatto che sembrassi una metallara incurante di risultare seducente, coi capelli lunghi, i jeans neri aderenti e un look *aggressive* facevano di me una teenager conturbante e misteriosa. In pochi mi chiedevano di uscire e, quando capitava, dicevo di sì solo ai più sexy.

Ma non era questo che mi interessava: non essere la regina di seduzione nel mio piccolo mondo di periferia.

Volevo solo diventare una cantante celebrata e riconosciuta. Magari a livello nazionale. O forse anche po' di più, perché no?

«Perché non ti iscrivi a quell'audizione?» mi disse un giorno la mia prof di inglese. «Tu sei bravissima a cantare, ti ho sentita nei corridoi.»

Forse lo ero davvero? O era tutta una mia impressione data dalle lusinghe di chi mi incensava? Non lo so. I miei pezzi spaziavano da Santana a Madonna, da Mia Martini agli Eagles, da Aretha Franklin a Prince, ma il mio genere preferito era il blues, dove mi sentivo a casa.

«Hai un pezzo tuo?»

«Sì, ho scritto il mio primo blues.»

In realtà quando ne parlavo, quasi nessuno sapeva esattamente di cosa si trattasse. Era la mia dimensione, il mio genere musicale, forse per via di quella supernova di estensione che concedeva alla tristezza di attardarsi quanto voleva. Il blues di base era *easy*, poi si poteva spaziare a piacimento. Dodici battute e una filosofia chiara: concetti limpidi e ribaditi, tre strofe divise con una semplicità spiazzante, i primi quattro versi presentavano il pensiero base, ribadito nei successivi quattro versi, con conclusione e magari lamento negli ultimi in chiusura. E adoravo quel meraviglioso riff che sigillava ogni frase e si ripeteva ancora e ancora, alternato agli accordi. Senza contare che, sia nella vocalità che nelle sonorità, si lasciava spazio all'improvvisazione, nel caso strumentale suonata in stile B.B. King.

Un giorno avrei spaccato, col mio blues, anche se non lo ascoltava nessuno.

Intanto avevo la mia prima canzone, che presentai all'audizione. Raccontavo la mia acerba storia d'amore, l'unico ragazzo che avevo amato, forse perché lui non mi voleva. Valli a capire, i meccanismi dell'amore. Un amore effimero, che non avrei mai più rivisto, ma che aveva lasciato cicatrici indelebili.

Killing Lips
Dai dai dai dai da da dai da da da dai da da da
E le tue labbra sanno dire cose che
Si spegne il cuore, cadon fiori e accade che
Non vola niente e anche l'aria si fa gelo
Io mi nascondo poi scompaio dietro a un velo.

Poche note con qualche bending fecero il loro effetto, mi accompagnava alla chitarra una ragazza che si impegnò tantissimo, tuttavia sbagliò qualche accordo, ma anche gli altri concorrenti ogni tanto steccavano o commettevano errori. La nostra esibizione fu una delle migliori.

Non passammo allo step successivo, il blues non tirava affatto. Me ne andai con un elogio encomiastico – «Complimenti! Un testo molto maturo per la sua età e con una forte vena poetica» – e ancora oggi, col senso critico che mi distingue, non riesco a capire come mai. L'unica cosa che ricordo è la forte sensazione di rabbia e indignazione che mi fece ribollire il sangue.

Quel giorno, per la prima volta, provai un immenso desiderio di uccidere.

2

«C'è un motivo per cui ho scelto questo posto.» Micol fissò Virginia con un sorriso enigmatico.

«Spero che sia un motivo valido» rispose la dottoressa, gettando attorno uno sguardo sconcertato. Detestava gli irish pub, con quel mobilio di legno scuro e quell'odore di stantio. Ma più di tutto, detestava non potersi ristorare con uno dei suoi calici di vino preferiti e infatti, data la limitata scelta del menu, furono obbligate a ordinare due bionde. Il dato positivo è che dopo avrebbero fatto una lunga camminata fino alla chiesa di San Luca, che dominava sulla città di Bologna.

L'ispettrice capo della Squadra mobile e Virginia Buldini erano amiche di vecchia data, malate del loro lavoro, ragion per cui, anziché chiacchierare di grane e piaceri della vita, si gettarono subito a capofitto sul caso:

«Hai già i risultati l'autopsia?».

«Ma no. Chi sono, Wonder Woman? Ti confermo solo, come dicevo ieri, che il delitto è avvenuto due giorni fa, in un orario compreso tra mezzanotte e le quattro del mattino. Tu hai già qualche sospetto?»

Micol alzò le spalle. L'altra le sorrise:

«Allora mi dici perché siamo qui? C'è una sorpresa?».

Micol ridacchiò.

«Un giorno ti faccio io una sorpresa. Invito Ivo a uno dei nostri aperitivi, ahahahah.»

«No, ti prego. Già mi guarda con quella faccia da pesce lesso... è imbarazzante.»

«Tu non dargli corda.»

«Io?» rispose Virginia facendosi andare di traverso una sorsata di birra.

Tornarono serie e Micol, mentre masticava qualche patatina non troppo croccante, sentenziò:

«È stata una donna».

La sua interlocutrice assentì, così Micol proseguì, dopo aver deglutito:

«Una donna che ce l'aveva a morte con lui».

«Chiaro. Un rancore sordo.»

«Stamattina la Scientifica ci ha fatto sapere che non ci sono tracce del carnefice. Abbiamo a che fare con un'assassina organizzata, che sa come muoversi.»

«Infatti, Micol. I casi sono due. O è una donna tradita che lo vuole punire. O qualcuna lesa da tutto ciò che rappresenta l'universo maschile.»

«Virgi, comunque, hai visto com'era ridotto?» Micol bevve con avidità, la birra almeno era bella fresca.

«Impressionante. E comunque sappi che il tagliacarte gliel'ha conficcato con estrema cura. Siamo di fronte a una maniaca ossessiva compulsiva.»

«O di fronte a qualcuna che è stata umiliata fino al midollo.»

Virginia estrasse le immagini del pene infilzato. Prima di

mostrarle si guardò attorno, per essere certa che nessuno stesse guardando.

«Oddio. In realtà visto così, senza l'inquadratura del corpo...»

«Lo so, sembra un salsicciotto dentro allo spiedo.»

«Virgi, ti rendo conto che lui era il più grande seduttore del mondo discografico?»

Mentre le due si scambiavano uno sguardo sconcertato, una cameriera passò accanto a loro e Micol la indicò con il mento: l'altra capì che era quello il motivo della loro visita in quel posto.

«Una testimone?»

«No, ma potrebbe aiutarci.»

«Conosceva Pintori?»

«Era una delle aspiranti cantanti che si erano rivolte a lui.»

«Come l'hai trovata?»

«Sui social. Non sai che alcune persone fanno sapere anche a che ora vanno al gabinetto? Pintori aveva una foto su Facebook scattata insieme a lei ed è stato un attimo trovare il suo profilo.»

Carlotta sembrava uscita fuori da un manga, con due trecce viola e delle zeppone di venti centimetri, immagine che a prima vista stonava coi suoi trentacinque anni d'età. Micol le si accostò, si presentò, e a quanto pare le poche informazioni che le diede furono sufficienti per convincerla a unirsi al loro tavolo.

Bastò poi una caipiroska alla fragola con qualche patatina rafferma per renderla loquace. Pur con qualche interruzione – andava spesso alla toilette, portandosi dietro il bicchiere – la ragazza raccontò che lei si riteneva la nuova promessa della scena musicale italiana e Pintori così le aveva fatto credere. Avevano costruito insieme un progetto, una canzone che sarebbe diventata un tormentone, e avevano curato nei dettagli la sua immagine. Finché, a cose quasi fatte e quando mancava solo la firma sul contratto, lui ci aveva provato. Lei si era tirata indietro ed era saltato tutto.

«Quando è accaduto?» domandò Micol.

«Circa sei mesi fa.»

«E tu?»

«Io mi sono incazzata come una iena. Mi sono rivolta ad avvocati, a giornalisti, persino a quel programma televisivo… avete presente? *Gli sciacalli*, quelli che cercano di scoperchiare le ingiustizie. Niente, mi hanno detto che da sola non vale molto la mia voce. Avrei dovuto trovare altre testimonianze. E ce ne erano parecchie di ragazze rimaste ferite da lui… ma nessuna che volesse esporsi.»

«Pare che fosse molto odiato» le diede man forte Virginia.

«Aveva la brutta abitudine di usare le donne e buttarle come delle pezze da piedi. Ma non le usava nel senso tipico del termine, come fanno molti uomini, no. Le strizzava, tirava fuori la linfa vitale e poi le gettava nell'immondizia, facendole sentire inutili.»

La dottoressa e l'ispettrice si guardarono, poi la seconda domandò:

«Carlotta, cosa facevi due giorni fa, tra la sera e le quattro di mattina?».

«Se lo sapessi. Ero ubriaca marcia, come spesso mi capita da quando c'è stato il fattaccio.»

No, non poteva essere stata Carlotta. Pintori si fidava del

suo assassino, visto che l'aveva aggredito da dietro, magari una donna gli era scivolata sulla schiena con la scusa di fargli un massaggio alle spalle. Ma tra lui e Carlotta non correva buon sangue.

«Va bene. Raccontaci qualcos'altro. Lui come reagì quando ti arrabbiasti perché mandò all'aria il vostro contratto?»

«Mi evitava. Favoriva sempre Jessica.»

«Chi è Jessica?»

«La sua segretaria. O il suo zerbino, come preferite voi, non fa differenza.»

«In che senso?»

«Nel senso che da vent'anni questa donna si prostra si suoi piedi. Non sa fare altro.»

Micol ripensò alle foto che aveva visionato nel suo ufficio. Un uomo gonfio, faccia da rospo, mezzo pelato, sguardo viscido. Eppure sempre attorniato da donne attraenti. Bellissime e disponibili.

«Lui con tutte faceva lo splendido per intingere il biscottino. Che poi, stando ai pettegolezzi, proprio di biscottino si trattava, e pure un po' molliccio! Però c'erano quelle che si prendevano una vera e propria sbandata per lui, capite? Donne che si presentavano all'improvviso in ufficio vestite come se fossero in luna di miele e gli facevano gli occhi dolci. Ma a lui già non interessano più. Perché era un predatore. Si era ripassato tutte le sue cantanti solo per poter dire di aver pisciato in ogni centimetro quadrato del suo territorio. Ad alcune di loro andava bene. Avevano pagato pegno una volta ed erano a posto, si godevano il successo.»

«Ma tu no, vero?» la interruppe Virginia. «Tu non hai ceduto?»

«No» rispose Carlotta con piglio fiero. «Delle volte ci ho pensato, sai? Sono stata stupida? Forse sì. Mi sarei facilitata di molto la vita se avessi ceduto, se gli avessi concesso una dimostrazione del suo immenso potere. Però poi non so come avrei fatto a convivere con me stessa, tutti i giorni.»

«E comunque non ti sei certo arresa.»

«No, sto continuando a cantare, anche se sporadicamente. Infatti sono costretta a questi lavoretti saltuari nei pub. Ma sono stata assoldata da una band. Ora molte porte mi sono state precluse, perché a Pintori è bastato un giro di telefonate per mettermi i giusti paletti, ma io vado avanti.» Deglutì l'ultimo terzo del suo bicchiere.

Micol si fece dare qualche altra informazione tecnica e qualche altro nome che annotò su uno dei suoi foglietti volanti, poi Carlotta si fece intrepida:

«Ragazze, ora posso farvi io una domanda?».

«Certo, cosa c'è?» chiese Virginia.

«Posso avere un'altra caipiroska?»

Club 27

Cominciai a farmi qualche viaggio con la fantasia dopo i primi concerti seri di cover – e per seri intendo che chi mi ingaggiava mi pagava bene e mi trattava da diva: camerino tutto per me con calice di champagne, backstage di lusso, privé per il mio seguito e desideri leciti esauditi. Ad esempio, se chiedevo crudités di ostriche alle due di notte, arrivava alle due e trenta minuti. Ma tutto finiva lì. Avevo già pronto un mio disco con dieci brani, e il più bello era *Killing Lips*, eppure nessuno che decidesse di puntare seriamente su di me. Vedevo sfilarmi davanti tante promesse della canzone italiana, sciacquette stonate, rapper che appena ricevevano due soldi si coprivano gli incisivi d'oro. Ridicoli.

Mettiamo le audizioni, ad esempio. Per i maschi era tutto così semplice: se avevano qualcosa da dire, ma anche poco, si concedeva loro una possibilità. Noi ragazze, invece, venivamo scartate per nulla. Caso diverso era quando qualcuna era figlia di, amica di, amante di: perché allora le si perdonava ogni steccata, ogni parola dimenticata. In alcuni momenti avevo la sensazione che il talento fosse un optional.

Trascorsero alcuni anni in cui cercai di scalare una montagna, ma una bufera ostile mi teneva ferma alle pendici, mentre uno stuolo di raccomandate o di maschietti o di fortunate, alcune brave, altre molto meno, raggiungevano la vetta.

Finché la bufera parve placarsi, ma era solo un bluff.

Fu un certo Antonio Gronchi ad abbordarmi, dopo che, durante un'esibizione in una discoteca di Riccione, avevo cantato in gospel anni Venti *Jesus Loves Me*. Mi ero presentata con alcuni miei brani, oltre a innumerevoli cover soul, accompagnata alla chitarra da un ragazzo di colore conosciuto solo due settimane prima. Indossavo un vestito lungo e aderente di un grigio spaziale, avevo i capelli fino al sedere, gli occhi truccati come le star degli anni Settanta e una stella sulla guancia. Il fatto che fossi bella mi aveva sempre aiutata, non venitemi a dire che l'aspetto fisico non conta niente: se non splendi non vali una cicca in certi ambienti, sono quelle evidenze che nessuno si azzarda a dire.

Comunque Gronchi mi notò e mi parlò di Louis Pintori, magnificandolo come se il mondo della musica ruotasse attorno a lui. Mi disse che era uno dei più grandi talent scout italiani, che in pochi avevano il suo fiuto, che era un discografico stimatissimo anche all'estero. Omise che Pintori era disposto a scritturare solo le ugole d'oro disponibili a entrare nel suo harem.

Quel bellimbusto dall'accento cilentano mi convinse in mezz'oretta che avrei potuto essere una rivelazione per la musica italiana, perché praticamente nessuna si occupava di blues: se mi fossi affidata a loro due, avrei dato una svolta alla mia vita. Capite che, per una ragazzina di ventisei anni che viveva di sogni e ambizioni, questa era adrenalina pura, come la prima iniezione di eroina. E infatti cominciai a drogarmi di quelle prospettive. Ne venni completamente risucchiata.

Accettai il compromesso dello sguardo viscido di Louis Pintori, che conobbi due sere dopo, a una festa vip, e rigettai giù nello stomaco il senso di repulsione che mi provocò il suo sorrisetto viscoso, mentre la sua mano sudaticcia stringeva la mia, e lui ripeteva il mio nome:

«Mariagrazia, piacere. Antonio dice che sei molto brava».

«Grazie.»

«E che fai un genere particolare.»

«Mi piace il blues.»

Non sarà facile lanciarlo in Italia. Nella top chart ci sono Eminem, Madonna, Cristina Aguilera, Shakira, un po' di latino con Nelly Furtado e gli Aventura. O anche rap o latin pop. Qui da noi funzionano fenomeni come la Pausini o Tiziano Ferro. Alla gente piacciono i sentimenti e le cose orecchiabili, ma il blues non è mai andato.»

Annuii e abbassai gli occhi perché non vi leggesse dentro la mia delusione. Mi aveva dipinto con estrema lucidità e impietosa sintesi il quadro della situazione.

«Ciò non toglie che se noi trovassimo la canzone giusta, diversa dalle altre, qualcosa di forte, di qualità, questa potrebbe spaccare. E potrebbe essere proprio la tua.»

Annuii di nuovo, mentre dentro provavo una sensazione di esplosione, come se mi avessero iniettato un'altra dose di eroina nelle vene, taglio purissimo, detonatore: ero già tra le nuvole. Sedevamo sulle eleganti sedie di un ristorante d'alto livello dove si festeggiava non so quale ricorrenza, fatto sta che sul tavolo di ciascun invitato campeggiava una bottiglia ghiacciata di Veuve Clicquot posata in diagonale in un cestello che traboccava ghiaccio. E io mi sparai un bicchiere intero giù per la gola.

«Mariagrazia? Tutto attaccato, vero?»

«No, staccato...»

«Comunque non ci interessa, ti servirà un nome d'arte. Maria Grazia, attaccato o staccato, non fa artista.»

«Va bene.»

«Vuoi che lo trovi io?»

«No. Ne ho già uno.»

«Quale?»

Esitai un attimo, poi pronunciai il mio nome d'arte in una maniera molto sensuale. Il suono me lo permetteva. *Salomè*. Volevo che gli piacesse. E infatti, mentre lo ascoltava, si scambiò uno sguardo con Gronchi. Sembrarono soddisfatti, il suo portaborse versò altro champagne nei nostri calici.

«Mmh. Era una donna della Bibbia?»

«Sì, la figlia di Erodiade.»

«Ma aveva ammazzato qualcuno?»

«Non direttamente» risposi catalizzando l'attenzione sull'anello che indossava al mignolo, un piccolo ovale di onice incastonato nell'oro, «diciamo che aveva fatto ammazzare san Giovanni Battista, ammaliando il re Erode con la sua danza. Il re, che conviveva illecitamente con sua madre, le aveva chiesto di esprimere un desiderio, e lei, per assecondare la mamma che tanto amava, aveva chiesto che venisse fatta tagliare la testa a Giovanni.»

«Perché sua madre ce l'aveva con Giovanni?»

«Perché lui aveva criticato la sua condotta. Sa, se la faceva col cognato. A quei tempi... apriti cielo!» E ridemmo tutti.

«Ma san Giovanni... parliamo di quel san Giovanni?»

«Sì, quello che battezzò Gesù» risposi io, pensando che lui di catechismo ricordasse molto meno di me, e già io non ero una cima.

«Devo averla vista da qualche parte, quella testa mozzata...»

«C'è un famoso quadro di Tiziano, forse ha in mente quello.»

«Dammi del tu. Anche a te piacerebbe tranciare le teste?»

Che cosa allucinante mi aveva chiesto.

Stetti in silenzio.

Perché la risposta sarebbe stata ancora più assurda della domanda.

3

Il vicequestore Maccagnani aveva già visionato il fascicolo del caso quando giunse – in ritardo – alla riunione.

«Scusate, ragazzi, un contrattempo» e si sedette alla scrivania dove lo attendevano Micol, Iacobacci, Ivo e Giorgia, una giovanissima poliziotta arrivata lì da pochi mesi, dal fisico esile e dagli occhi azzurri come i mari glaciali, quando si schiariscono verso la riva.

Nessuno obiettò, erano abituati ai contrattempi del boss. Per primo parlò Iacobacci, che tanto amava mettersi in mostra, soprattutto visto che le ultime due indagini grosse le aveva risolte Micol e questo ancora non gli andava giù:

«Pintori era molto stimato dai colleghi maschietti o dalla gente a cui aveva dato lavoro ed era odiato da alcune donne. Ho parlato con diverse sue ex protette, ore in caduta libera: lo detestano».

«Chi sono?»

«Ecco, qui l'elenco» disse. «Si tratta di cantanti di piccolo calibro a cui lui aveva promesso mari e monti, chiaramente promesse non mantenute.»

«Hanno avuto una relazione?»

«Solo una storia. Cose molto fugaci. Delle volte nemmeno complete.»

«Le ragazze hanno esternato rancore nei suoi confronti?»

«Molto» rispose lui alzando le sopracciglia.

«Quando hai comunicato della sua morte?»

«Già lo sapevano dai media.»

«Sì, ma come hanno reagito?»

«Quasi ballavano dalla gioia.»

Si intromise la poliziotta Giorgia, col suo sguardo artico: «Forse non era gioia, ma sollievo. O anche riscatto».

«Può essere» rispose lui. «Per la notte del delitto hanno comunque un alibi, almeno queste. Ma ne troveremo altre, è come cercare un ago in un pagliaio.»

«Certo, basterà cercare i nominativi negli archivi. Sarà un lavoraccio, ragazzi» fece notare Maccagnani, sottintendendo che non sarebbe stato compito suo. Chiaro, il capo deve solo supervisionare. «Le telecamere di sicurezza degli uffici?»

«Non funzionavano. Forse qualcuno le ha manomesse.»

«Telecamere nei paraggi?»

«Le stiamo visionando, per ora ancora nulla. Ma è probabile che troveremo qualcosa, c'è una banca a duecento metri.»

Micol quella notte aveva fatto un sogno strano. I sogni erano la sua forza e la sua debolezza, nel senso che la destabilizzavano, ma le concedevano una lettura profonda della realtà. In passato l'avevano aiutata a decodificare due indagini importanti, non di certo come rivelazioni dall'alto, bensì come suggerimenti sopraggiunti a seguito di un lungo e scrupoloso lavoro su cui di giorno si era consumata.

Erano l'evidenziazione di un dettaglio sfuggito, una voce in apparenza confusa tra le altre e poi recuperata, quel particolare nascosto, trascurato dai più, seppur rimasto alla luce del sole, bastava soltanto cambiare angolazione o visuale. In questura la prendevano in giro rispetto a questo suo "talento" da cui lei stessa teneva le distanze. Tuttavia, ogni volta che di notte la visitava qualcuno o subentrava un'epifania che avesse a che fare con l'inchiesta in corso, lei non poteva fare a meno di concentrare su quel nulla la sua attenzione. E chiaramente lo faceva di nascosto dal mondo. Ecco: quella notte aveva sognato una ragazza che teneva in mano un vassoio. Sopra era posata la testa di un uomo. "Come il quadro di Tiziano che avevo studiato a scuola, in storia dell'arte" aveva pensato Micol. Ivo, rivolto a Maccagnani, la riportò alla realtà:

«Dottò, a cavallo siamo. Ho scoperto una cosa importante. Jessica Bonci, la segretaria di Pintori, non se ne andò alle Maldive».

Maccagnani, che di solito non prendeva mai molto in considerazione Ivo, lo guardò con estrema attenzione:

«Cioè?».

«Non partì» chiosò l'agente Ginevra, alzando il mento.

«Perché?»

«Non lo saccio, ma domani l'ho convocata in questura. *Aspittamu.* Dice che viene.»

«Bravo, Ivo.» Era la prima volta che lui riceveva un complimento dal suo superiore e dentro gongolò. Intanto si fece avanti Giorgia:

«Sapevate che era sposato?».

I presenti la guardarono stralunati, meravigliati che una

giovane leva avesse preso l'iniziativa di cercare nuovi sospettati. Lei proseguì:

«Da vent'anni. Ma sua moglie viveva in sordina».

«Avevano figli?» domandò Maccagnani.

«No. Ho parlato con lei al telefono, ha chiamato qui e mi hanno passato la telefonata. Dice che lo vedeva di rado. Vivevano da separati in casa, le poche volte in cui lui c'era, dormivano in camere diverse. Lei è la classica *azdora* bolognese, esattamente l'opposto di donna che lui cerca: la signora della casa, regina della sfoglia pienotta e grande mangiatrice, molto poco sensuale, casalinga e materna.»

«Lo odia anche lei?»

«Sostiene di volergli molto bene. Lui la mantiene, non le ha mai fatto mancare nulla. Però mi è sembrata un po' astiosa nella voce...»

«Brava, Giorgia.»

«Tu, Micol?»

Micol si sentì presa alla sprovvista. E impreparata. Rispetto ai suoi colleghi, lei che in teoria era la referente dopo Maccagnani, non apportava nulla di nuovo al caso. Guardò il suo capo senza rispondere e le sembrò di sentire il risolino silenzioso di Iacobacci, che non vedeva l'ora di dimostrare che lei non valeva una cicca. Poi le venne in mente che almeno aveva sentito Virginia e la Scientifica. Prima riferì l'analisi autoptica, poi passò al secondo resoconto:

«Non ci sono tracce interessanti sulla scena del crimine, i colleghi hanno ritrovato un quadro abbastanza caotico, se teniamo conto che molte persone passavano per quell'ufficio, quindi hanno raccolto un sacco di capelli di esterni, materiale biologico eccetera, ma non è detto che ci riguardi e comunque ci vorrà un po' di tempo per le analisi».

«Tutto qui?»

«Ah. La sirena con cui è stato infilzato il...»

Micol aveva sempre un po' di pudore a nominare i genitali. La interruppe con un sorriso Iacobacci, prendendola per i fondelli:

«Il pisellino?».

Micol gli sorrise:

«Se usi come parametro il tuo, certo: il pisellino. Dicevo, non è un tagliacarte. Pare che, sopra i capelli della sirena, il ferro sia stato tagliato con la smerigliatrice».

«Quindi?» incalzò Iacobacci.

«Quindi sopra c'era qualcosa che probabilmente l'assassino non voleva farci vedere.»

«Ok» concluse Maccagnani e a Micol sembrò di percepire un filo di delusione nella sua voce. Era l'unica della squadra a non aver apportato nulla di significativo all'indagine. Si sentì inconcludente.

Chiese a Giorgia e Ivo di accompagnarla di nuovo sul luogo dell'omicidio.

Tolse il nastro adesivo dalla porta d'ingresso che, da quando Ivo l'aveva sfondata, si poteva aprire agevolmente. Propose al resto della squadra di controllare nelle altre stanze, mentre lei si diresse nell'ufficio di Pintori.

Lo scrutò a lungo, da sola.

Le macchie di sangue sulla pelle di tigre ora viravano al nero, e la testa d'orso imbalsamata ancora vagliava la situazione dall'alto. Micol si concentrò sulle immagini appese alle pareti, perché il primo giorno, nella fretta, non le aveva fotografate tutte. Ragazze, tante ragazze, si confondevano. I pochi uomini immortalati accanto a Pintori erano notabili, comunque gente che contava, Micol avrebbe controllato, ma le facce erano conosciute. Poi ispezionò i cassetti, anche se la Scientifica aveva già svolto il suo lavoro e infatti l'ispettrice non vi trovò particolari indizi: un pacchetto di sigarette, un accendino a forma di Torre Eiffel, un'agenda telefonica colma di numeri che contano, due pacchi di preservativi, merendine al cioccolato e oggetti di cancelleria. Nel secondo cassetto, sotto a due quaderni che contenevano informazioni su potenziali nuovi ingaggi, nascosta in fondo, stava una confezione di Viagra. "Eccolo, il grande playboy" pensò Micol, mentre la apriva. Il blister era vuoto. "Perché tenere una scatola di medicinali senza più pastiglie? Forse non si era accorto che erano finite. Oppure ci nascondeva qualcosa..." Micol svuotò il contenuto e aprì il bugiardino. Dentro vi trovò una lettera redatta a mano, ma prima di leggerla volle capire chi l'avesse scritta e subito andò a scovare la firma: era la segretaria di Pintori.

Louis,
nemmeno questa volta sei stato di parola. Ti ho atteso in aeroporto fino all'ultimo, ma non sei arrivato. Sono stufa delle tue promesse mai mantenute. Sono stufa di te. Sapevi quanto ci tenessi alla nostra vacanza alle Maldive. Era da mesi che rimandavi. Io me la meritavo. Tu me la dovevi. Come mi dovevi tante cose che non mi hai dato. Ma adesso ho capito tutto. All'improvviso, dopo anni di cecità, mi è tornata la vista. E con la vista il senno. Ho capito tutto. Sono disgustata da

ciò che è stato, dal tuo maledetto egoismo. Dalla mia stupida insistenza a credere che tu potessi cambiare.
Non voglio mai più vederti.
Mai più.

Jessica

Micol ripiegò il foglio e lo mise in tasca, perché venisse acquisito agli atti del procedimento. Ma prima scattò una foto. Fu mentre stava per riporre il cellulare che le scappò l'occhio alla parete e un brivido le percorse la schiena. Perché scorse, seminascosta tra due foto, qualcosa che assomigliava a una cartolina e subito la staccò. Era proprio una cartolina, appoggiata al muro con un anello di scotch. Dietro vi si leggeva: "Tiziano, *Salomè*, olio su tela, databile 1515, Galleria Doria Pamphilj di Roma". La stessa immagine del sogno. *Com'era possibile?* C'era una sola risposta plausibile. Il giorno del rinvenimento del cadavere, lei aveva visto l'immagine senza accorgersene e il suo cervello l'aveva memorizzata. Ma perché riproporgliela mentre dormiva, come se di notte si attivasse un suo alter ego indefesso che lavorava al posto suo, rubandole le poche ore di riposo? Anche se sentiva che quest'indizio si sarebbe rivelato prezioso, fissò l'immagine con tale rabbia che per poco non le venne voglia di strapparla.

Club 27

Perché ci sono state nella storia meno donne artiste? Questo ci dicono i libri, questo racconta la storia. Ho letto e mi sono informata, negli anni in cui ho vissuto da morta-vivente. Per chi nasce femmina e vuole sfondare in un settore qualsiasi che non sia un mestiere che si ritiene a lei deputato (segretaria, infermiera, maestra eccetera), la strada si fa più impervia. Le possibilità, rispetto ai colleghi maschietti, scendono vertiginosamente.

La questione è complicata e non potete risolverla con una delle vostre conclusioni ottuse tipo: "Le donne non sono tanto brave quanto gli uomini". È eclatante che esista uno svantaggio tra i generi, i dati parlano chiaro. All'altra metà del cielo (e della terra) vengono assegnati ruoli di potere, noi arranchiamo di più per raggiungere il successo, di rado ci viene consentito di maneggiare immensi capitali, di decidere destini e prendere le decisioni planetarie. Invece eccoci in prima fila quando c'è da spossarci di fatica, a cedere il posto, a sacrificarci, sempre pronte a enormi rinunce. Considerate arriviste quando nutriamo il sacro fuoco dell'ambizione, veniamo malviste se perseguiamo un sogno mandando al diavolo ciò per cui la figura femminile si immola da secoli: la famiglia, i figli, la cura della casa. Zitte e buone, così ci vorrebbero.

Io me ne sono sempre sbattuta. Dal mio ingresso nel Club 27, poi, mi sono votata alla solitudine, tranne qualche raro, animalesco, occasionale incontro sessuale. Mera consumazione fisiologica.

Se sei un uomo di talento, è molto probabile che otterrai il successo. Lo perseguirai anche se non vali molto, perché potrai contare su una serie di agevolazioni e aderenze, oltre alle carinerie delle groupie che si inchineranno al tuo passaggio.

Se, al contrario, sei una donna e raggiungi i tuoi alti traguardi, i casi sono tre: o hai una solida rete di sostegni e conoscenze o hanno concorso all'obiettivo circostanze fortunate (ma capita una volta su un miliardo) oppure, se non puoi avvalerti di alcuna protezione, significa che sei davvero un fenomeno. Che hai attraversato ostacoli, un ottuso ostruzionismo, sgambetti, pregiudizi, porte sbattute, malignità. Te ne sei fregata, ti sei fatta scivolare tutto addosso. Non sempre sei riuscita a raggiungere il tuo sogno mantenendo la purezza di partenza, probabilmente il logorio della lotta lo ha sciupato, lo ha sfiancato, ti ha roso l'entusiasmo.

Ma ce l'hai fatta, e vaffanculo a tutti.

Anche ai sedicenti cicisbei che davanti ti incensavano mentre alle spalle ti sparlavano.

C'è poi da affrontare un altro discorso a proposito delle conoscenze e delle aderenze, ma questo l'ho capito nel corso degli anni e posso solo parlare per il mio settore musicale, non so come funzioni negli altri campi – comunque, a occhio e croce, non credo che i meccanismi si discostino molto.

Ogni tanto sento qualcuno pronunciare una frase che trovo odiosissima: «Se vali, prima o poi ce la fai». Io no. E non è dipeso da me, ma da ciò che mi è stato sottratto. Smettetela con la vostra visione vincente dell'esistenza: la vita non ce la costruiamo come supereroi solitari, sono i gradini saliti lentamente, gli incontri giusti, le occasioni perse ma anche quelle offerte.

Io mi sono spenta a ventisette anni, perché mi erano state tolte tutte le possibilità. Ero nata per cantare, mi ero esercitata in funzione di quello ogni giorno della mia vita. È come se una creatura venisse alla luce colomba e dedicasse i suoi giorni a imparare a volare, ma all'improvviso le togliessero il cielo: come potrebbe sopravvivere?

4

Micol volle lasciare a Ivo l'incombenza di interrogare Jessica Bonci, dal momento che lui si sentiva su di giri per l'attenzione che gli aveva riservato Maccagnani, dopo che aveva scoperto che la signora – che poi era signorina – non era partita per le Maldive.

Quando la persona informata dei fatti si presentò, tutti si stupirono di trovarla ben diversa dalle solite vamp frequentate da Pintori. Una donnina anonima, piccina piccina, struccata, quasi evanescente, con uno di quei derma così chiari che sembrano trasparenti e fanno intravedere, sotto, le venature azzurre. Il nero dei capelli raccolti male e poco curati accentuava un'immagine spettrale.

Ivo, siciliano dal sangue normanno, come tradivano gli occhi chiari e i capelli biondastri, la fece accomodare e passò subito al dunque.

«Signora Bonci, lei aveva un volo prenotato per le Maldive quattro giorni fa.»

«Sì.»

«Ma non l'ha preso.»

«No.»

«Come mai?»

Jessica Bonci aveva uno sguardo altero ma ferito.

«Perché all'ultimo momento ho capito che non aveva senso partire.»

«Cosa glielo ha fatto credere?»

«Avrei dovuto partire con una persona che non si è presentata in aeroporto.»

Ivo guardò Micol che gli lanciò un segnale d'assenso, quindi proseguì:

«Louis Pintori?».

«Sì» rispose la donna con voce strozzata.

«Eppure, signora, non c'è traccia di un biglietto intestato a lui nei tabulati della compagnia aerea.»

«Voi come fate a sapere che...?» domandò lei, spaesata, ma solo per un attimo.

«Non si preoccupi, signora, e ci risponda.»

«Eravamo d'accordo che ognuno avrebbe acquistato il biglietto per sé. Ma lui non ha provveduto.»

Si intromise Iacobacci:

«Cosa ha fatto dopo aver rinunciato al volo?».

La Bonci abbassò gli occhi, restando in silenzio. Micol pensò se potesse aver manomesso lei le telecamere di sicurezza del palazzo. Aveva contattato il portiere, che non le aveva saputo spiegare il guasto e si era limitato a dirle che non era mai accaduto prima.

«Sono andata nel suo ufficio la sera in cui è morto, è vero. Ma non per ucciderlo. Volevo solo parlargli.»

«E invece?» si intromise Iacobacci con tono un po' aggressivo.

«Lui era al telefono con una tizia. Le parlava in tono dolce, affabile, in un modo che con me non aveva mai. Tanto io la mia decisione l'avevo già presa, non provavo più nemmeno rabbia.»

«Quindi?» insisté Iacobacci.

«Gli ho lasciato una lettera davanti alla sua porta e me ne sono andata via. Per sempre.»

Micol e Giorgia, l'altra poliziotta, si scambiarono uno sguardo d'intesa. La donna sembrava sincera. Non stava certo a loro giudicare, ma i fatti tornavano. La Bonci non sapeva che loro avevano rinvenuto la sua lettera dentro alla confezione del Viagra e sembrava aver spiattellato tutto ciò che aveva da dire.

Micol tornò nel suo miniappartamento, si fece una lunga doccia e pensò a Roven, il suo Roven, che non vedeva da due settimane. Non le era mai accaduto che due settimane le sembrassero così lunghe. Lui era tornato in Albania dai suoi per una vacanza e le aveva detto che ad agosto avrebbe portato anche lei. Chissà se ad agosto sarebbero stati ancora assieme. Digitò un messaggio lapidario. "Mi manchi." Lo cancellò, perché le sembrò troppo sdolcinato. Lo sostituì con "Ti voglio", ma questo le sembrò da studentessa assatanata. Decise di non inviargli nulla.

Uscì dalla doccia ristorata e, ancora in accappatoio e con i capelli bagnati, si abbandonò al solito metodo: ricerca, fiuto, circospezione. Consultò le analisi della Scientifica, si fece spedire diversi file inerenti gli archivi di Pintori, comparò i dati con altre informazioni ritrovate su Internet e intanto i capelli si erano asciugati. Fece in tempo a indossare al volo una t-shirt e un paio di pantaloncini per ritirare il giapponese a domicilio, che divorò davanti al computer, mentre ascoltava la cinquantesima canzone della serata prodotta dalla Pintori Records. Non si rese conto delle ore trascorse, quando, a mezzanotte, chiamò il vicequestore:

«Micol, sai che ore sono?».

Lei guardò l'orologio del computer e si pentì di non averlo fatto prima.

«Mi scusi.»

«No, figurati. Ero sveglio. Spero che tu abbia qualcosa di importante, almeno. L'ultima volta che mi hai chiamato in un orario strano era notte fonda e avevi sognato dove era sepolto un cadavere. Hai qualcosa di grosso?»

L'ispettrice lo sentì ridacchiare con qualcuno. Si sforzò di mantenere un tono professionale.

«No, però ho una cosa interessante.»

«Dimmi.»

«La sirena…»

«Quale sirena?»

«Quella di metallo con cui l'assassino ha infilzato i genitali di Pintori.»

«Sì?»

«Ecco, anche se mancava una parte della scultura in ferro, ho scoperto su Internet, digitando "trofei musicali", che è stato assegnata al primo classificato nel 2006 in un premio esistito solo quell'anno, chiamato "Sirena d'Oro".»

«Sei sicura che il pezzo sia lo stesso?»

«Sì, sono identici.»

«Chi l'ha vinto?»

«Una certa Simona Gai. Una meteora nel mondo della musica pop italiana, era stata lanciata con un successo estivo, quindici anni fa.»

«A posto, allora. Domani la convocheremo in questura.»

«Non è possibile. È morta suicida l'anno scorso.»

«Cazzo.»

«Appunto. Mi scusi se l'ho disturbata a quest'ora.»

«No, hai fatto benissimo. Iacobacci dice che è stata la segretaria. Ha trovato che le telecamere della banca effettivamente l'hanno ripresa passare in un orario compatibile con quello dell'omicidio.»

«Non mi ha detto niente.»

Lei era un suo superiore e Iacobacci avrebbe dovuto renderle conto di ogni novità. Ma non l'aveva mai fatto, non c'era mai stata da parte sua nessuna forma di collaborazione nei suoi confronti. Maccagnani lo sapeva e altre volte aveva fatto buon viso a cattivo gioco, non era comunque il momento di lamentarsi.

«Dottore, volevo dirle anche che... il taglio. Forse ci avete già pensato, ma il taglio alla gola ha un significato profondo.»

«Dimmelo, allora, che io a quest'ora sono meno intuitivo.»

Lei si schiarì la voce e ingrandì la foto dell'autopsia che le aveva mandato la sua amica medica legale, l'immagine che mostrava le codette della gola in primo piano:

«Quello che intendo è che non è un caso che Pintori sia stato colpito così».

«Micol, quanta gente viene ammazzata col coltello?»

«Sì, ma qui parliamo di un uomo che decretava il successo di cantanti. Persone che consideravano la gola una zona sacra. Lui è stato profanato proprio lì perché per primo deve aver dissacrato quel posto.»

«Hai visto troppi film americani sui profiler, Micol, la sera, anziché lavorare, perché non vai a divertirti con qualche bel ragazzo?»

Maccagnani era uno spirito pratico. Dopo la sua laurea in Legge, conseguita tre decadi prima, non aveva mai più aperto un libro, nemmeno un saggio che trattasse di criminologia, e considerava panzane tutti i film e le serie televisive crime. Gli piaceva cambiare spesso partner e certo considerava Micol una bacchettona. Che lo credesse, pensò lei imperturbabile:

«Dottore, credo che sia stata una cantante che lo odiava. Una che lui ha zittito e che a sua volta ha voluto farlo tacere per sempre. Togliergli il respiro. Sgozzarlo non ha significato soltanto ucciderlo nel modo più comodo o con l'unica arma a disposizione, come accade in tanti atti omicidiari, ma infliggergli una determinata punizione, recidere ogni possibilità di respiro, di emissione vocale attraverso il collo: il grande scambio tra noi e il mondo, qui entra l'aria che inspiriamo, la linfa che ci ossigena, il carburante dei nostri polmoni, da qui passa il soffio che ci mette in comunicazione con chiunque.»

«Micol, hai bevuto?»

Lei trattenne una risata. Era stanca. In effetti quelle frasi un po' filosofeggianti non erano nel suo stile. Ma non gli rispose, lo salutò frettolosamente perché aveva appena ricevuto un messaggio da Roven e voleva dedicarsi a lui.

"Mi manchi" diceva il messaggio. Incredibile, quasi telepatico.

Lei si sbilanciò. Decise di spedirgli quel "Ti voglio" prima scartato. Era sempre così misurata con lui. Non lo avesse mai fatto. Cominciò così una conversazione hot che – non avrebbe mai immaginato – la lasciò sfinita. Più sfinita di uno dei loro migliori incontri erotici.

Club 27

Qualcuno potrebbe dirmi: perché non ti sei lanciata con etichette minimal e indipendenti, quelle cool, di nicchia, conosciute solo da un pubblico di cento ascoltatori esigenti? Ecco, perché io arrivo dagli anni Ottanta, io sognavo i grandi numeri.

Ho scritto tanti canovacci, alcuni poi cancellati o rimasti in sospeso, altri divenuti canzoni mai lanciate nel jet-set della discografia. Ma il vero gioiello è *Il mio ultimo blues*. Questo è diverso da tutti gli altri. Perché è sostanza. La musica e la voce non hanno funzionato, così sono passata a cantare attraverso l'azione. Se fosse composto di parole e accordi, su un suono triste, la mia voce potrebbe raccontare una storia di truffa e di vendetta personale. Riff iniziale e strofa: il sogno di una ragazza e lo scontro con la dura realtà, quando cresce.

Il ritornello: incontro maledetto con gli impostori che volevano rubarle l'anima. Lei non ci sta, loro le bruciano il sogno. Riff più struggente.

Forse penserete che io sia esagerata, che mi stia cullando in questo limbo di artista maledetta. Ma se verrete uccisi anche voi, vi renderete conto che in questi frangenti non c'è possibilità di scelta.

Momento strumentale con assolo struggente. Nessuno ascolterà la fanciulla che piange. «Te la sei cercata» le diranno dal coro. «Forse non valevi abbastanza, fattene una ragione.»

Finale furioso, sale l'intensità: lei si traveste da guerriera della notte. Cerca i furfanti e taglia loro la gola. Non spara al petto, non avvelena, no: recide là dove loro l'hanno ferita. C'è un motivo molto preciso in ogni gesto che compie. In fondo non è spinta da malvagità o sadismo, vuole solo ripristinare un equilibrio scardinato. È una giustiziera. In un mondo leale lei verrebbe premiata. In una società come la nostra viene ricercata e indagata, se la trovano resta fregata.

Quindi è fondamentale che non mi becchino e per questo ho pensato quasi a tutto.

Sono stata scrupolosa.

Parsimoniosa, oserei dire.

Ho risparmiato persino Gronchi.

Per lui avevo pensato a una fine orribile. Avevo previsto ogni dettaglio. Ma la vita ha sconquassato i miei piani, stupendomi piacevolmente.

Diciamo che, per una volta, la sorte è stata dalla mia parte.

Non c'era bisogno che io facessi nulla.

Una mattina mi sono alzata e ho scoperto la notizia.

Gronchi era già stato punito.

5

A Micol e Virginia piaceva andare a fare delle lunghe biciclettate sulla Ciclovia del Sole, infondeva loro serenità quello scenario fatto di campagne, ferrovie, paesini contadini, mentre il grano veniva sferzato dal vento e lo sfrecciare delle auto, nello stradone limitrofo, si alternava ai versi di uccelli strani per gente di città: upupa, fagiano e germano reale. Verso i tre quarti della corsa si riposarono su un prato e Virginia controllò la posta:

«Micol, sono arrivati gli esami del sangue. Pintori è stato stordito con del midazolam».

«Cioè?»

«Forse glielo hanno sciolto in un bicchiere per intontirlo e aggredirlo alle spalle.»

«Quindi non è detto che lui si fidasse del suo aggressore, come abbiamo ipotizzato all'inizio.»

«Infatti. Ho poi una sorpresina per te.»

«Carlotta?»

Virginia annuì sorridendo. La sera in cui l'avevano conosciuta, Micol era rimasta colpita dal fatto che la ragazza continuasse ad andare in bagno, così aveva chiesto un piccolo favore all'amica.

«Virgi, hai fatto quello che ti avevo chiesto? Hai sentito l'AUSL per controllare la sua cartella clinica?»

«Esatto.»

«Sei fantastica! Cos'hai scoperto?» Gli occhi di Micol si illuminarono.

In quel momento passò un ciclista che procedeva a velocità supersonica.

«Che lei è gravemente malata di diabete di tipo X, con tanto di iniezioni di insulina. Sai cosa vuol dire?»

«Cosa?»

«Che, a meno che non voglia suicidarsi, non può bere alcol. Quindi?»

«Quindi ci ha mentito.»

Micol lanciò uno sguardo attorno, poi li puntò dentro a quelli della sua interlocutrice:

«Probabilmente quella sera versava il contenuto dei bicchieri nel water, ma voleva farci credere di essere alcolista. Se davvero si fosse scolata tutti quei bicchieri di caipiroska avrebbe dovuto risultare un po' alticcia, invece era calmissima e padrona di sé. Quella, al massimo, si beve la camomilla prima di dormire. Ma rigorosamente senza zucchero.»

«E, se ci ha mentito, è perché non aveva un alibi.»

Quella notte Micol cercò di prendere sonno, ma non fu facile. Aveva evitato di visionare il materiale che occupava la sua scrivania in una maniera apparentemente caotica – ma per lei ordinatissima – eppure le frullavano in testa, in un turbinio di successioni, flash, visioni, sfumature, mentre lei cercava di addormentarsi: la sirena di ferro infilzata, la faccia da porco di Pintori, le voci, le dichiarazioni, le mezze parole, i documenti della Scientifica. Avrebbe voluto svegliarsi pimpante e riposata per l'incontro che l'attendeva, invece ci arrivò – insieme a Ivo e Giorgia – sciupata e assonnata.

Antonio Gronchi era su una sedia a rotelle, che era poi il motivo per cui era stato esentato dal presentarsi in questura. Abitava al quarto piano di un palazzo senza scale, da cui non scendeva mai da quando era caduto in disgrazia, ovvero dai tempi dell'incidente. Li attendeva in un salotto cui si accedeva attraverso un atrio pomposo ma stantio. Il resto della casa trasudava decadenza. I mobili sembravano recuperati dal mercatino dell'usato – o dalla casa dei nonni – e le incrostazioni agli angoli dei battiscopa denotavano incuria o sporcizia.

Per prima cosa Micol domandò dell'incidente. Lui parlò, con un tono di voce molto svogliato:

«È accaduto circa sei mesi fa».

«Dove?»

«Qui a Roma, su corso Vittorio Emanuele, vicino a Largo Argentina.»

«Perché ha interrotto la sua attività con Pintori, dopo?»

Gronchi emise uno sbuffo beffardo e si accese una sigaretta. Solo allora Micol, troppo presa a osservare pareti e mobilio, si accorse che il pavimento era cosparso di cenere e mozziconi spenti:

«Perché a lui non interessavano i pesi morti».

Alzò le spalle e indicò il muro, dove era appeso un quadro con loro due abbracciati, ai tempi d'oro, dentro al Billionaire, attorniati da bellezze patinate e sorrisi di plastica. Indossavano un completo signorile, ben diverso dalla tuta marroncina acquistata in una bancarella etnica che Gronchi indossava ora.

Proseguì:

«Non gli servivo più per le commissioni, non potevo andare ai provini, inseguire le ragazze che lui adocchiava. Mica crederete che lo detestassi per questo? Non gliene faccio una colpa, anch'io mi sento inutile. E comunque, non è l'unico che ha cambiato atteggiamento verso di me, da quando sono ridotto così».

«Mi faccia capire bene» volle chiarire Micol. «Lui è sparito subito dopo l'incidente? Non si è fatto sentire nemmeno quando lei era in ospedale?»

«No, no. All'inizio veniva. Si informava sul mio stato di salute, parlava coi dottori. Sembrava che ci tenesse. Poi, quando ha capito che ero un pezzo da buttare via, si è fatto di nebbia.»

«Potrei visionare i documenti dell'incidente?»

Lui esitò qualche istante prima di indicarle il cassetto in cui erano custoditi. Come se preferisse tenerlo segreto, ma avesse capito di non avere alternative, tanto la polizia avrebbe potuto rivolgersi all'assicurazione.

A Micol bastò sfogliare la prima pagina del plico per rabbrividire.

Club 27

Le vostre voci mi perseguitano.

«Perché non sei andata dalla polizia a denunciare quel fottuto bastardo e dire che ricattava voi ragazze, molestandovi per ricevere favori sessuali in cambio di promesse di celebrità?»

Voi pensate che non l'abbia fatto?

Due anni dopo che sono morta ho provato a rivolgermi alla polizia, ma ho scoperto una triste verità. Sapevate che esiste un articolo del codice penale – 609-septies – che permette alla vittima di stupro e altra violenza sessuale di essere credibile solo se querela entro dodici mesi dalla data del reato? Oltre un anno dopo i fatti, in sostanza, il reato non è perseguibile: come se non fosse mai stato commesso. E voi mi venite a biasimare se penso di farmi giustizia da sola?

C'è poi da fare un altro discorso, che ho maturato con gli anni.

Siamo in Italia, nel Paese in cui è sempre colpa delle donne.

In cui se un'adolescente subisce una violenza di gruppo, significa che o si è inventata tutto – e in fondo le è piaciuto – o ha spinto i maschi a volerla col suo comportamento disdicevole. Comunque sia, il fatto verrà derubricato a ragazzata.

Mentre dagli States è esploso dal 2017 un movimento #MeToo contagioso che ha scoperchiato anche oltreoceano diversi vasi di Pandora, qui da noi ci siamo affannati a insabbiare i casi contestati e il dato più eclatante è che in prima linea contro le denunce sfilavano molte donne – al sicuro, loro: professionalmente, intoccate e intoccabili, quindi perché esporsi e difendere altre cui era stata riservata una sorte meno fortunata?

Forse, se io non fossi stata uccisa così giovane, non avrei ordito il mio piano.

Forse sarei soltanto precipitata, avrei pianto per sette notti sotto le stelle, avrei cantato a squarciagola, magari avrei trovato il coraggio di colorare il mio cuore e immergerlo in un acquario di sorgente purissima. Ma purtroppo questo non è accaduto e io ho respirato senz'anima fino a poco tempo fa. Quando ancora non pensavo di macchiarmi le mani di sangue.

Poi, mentre sedevo al pub, sola come sempre, di fronte a un negroni, è accaduto qualcosa che ha sovvertito tutto e ha annullato di nuovo la mia concezione del bene e del male.

Era un orario strano, le 21.45 circa, quei tempi morti in cui i locali si devono ancora riempire, i camerieri finiscono di disporre con svogliatezza l'occorrente e il gestore si può permettere di seguire la televisione accesa a un volume più alto del solito. Così alto che aveva catturato anche la mia attenzione. Detestavo il Festival della canzone italiana e i candidati di Sanremo Giovani mi sembravano delle mezze calzette pompate. Poi comparve una ragazza bellissima creola, una vera e propria apparizione, vestita come Beyoncé ai tempi delle Destiny's Child e il conduttore la presentò soddisfatto come aretina, quindi italianissima. Il problema fu che, appena partì la canzone, io riconobbi il mio primo blues, *Killing Lips*, quello che avrei dovuto produrre con Pintori assieme ad altre undici canzoni. "Stella del Deserto" si chiamava lei. Che nome patetico. Non era un fenomeno con la voce, ma il brano di semplice esecuzione la agevolò, Gronchi doveva averla affidata a un bravo maestro e comunque messa lì sul palco faceva una splendida figura. Io mi sentivo depredata. Il sangue mi ribolliva nelle vene.

L'ovazione che seguì, il successo dei giorni seguenti, la vittoria decretata da Sanremo Giovani furono la detonazione finale.

Pintori aveva siglato da solo la propria esecuzione.

6

La squadra sedeva attorno alla scrivania di Maccagnani, Micol stava mostrando la stampa del resoconto dell'incidente di Gronchi. I dati dell'assicurazione parlavano chiaro, lo aveva investito Carlotta Duranti. Iacobacci commentò:

«Anche lei è una delle ragazze vittime del Gatto e della Volpe, quindi l'incidente non è accidentale, come scritto qui».

«Esatto, è doloso, ma non avremo mai modo di dimostrarlo» disse Micol.

«Perché?»

«Perché nessuno dei due ha interesse a dirlo. Lei, per ovvi motivi. Lui, perché tanto avrà già ricevuto i soldi dell'assicurazione e se si andasse ad accusare Carlotta, poi verrebbe fuori un vaso di Pandora che non gli converrebbe.»

«Ok, quindi siamo a posto, abbiamo il nostro assassino. Anzi, la nostra assassina, stiamo attenti a come decliniamo, altrimenti le femministe ci scannano, eheheh» sghignazzò Iacobacci.»

«No, non credo sia lei» disse l'ispettrice.

«Perché c'è troppa differenza tra i due *modus operandi*. Il secondo è altamente raffinato rispetto all'incidente.»

«Micol, ricominci con l'arte del profiling?» la canzonò il capo.

«Dottore, è così, lo sa anche lei. C'è un abisso tra un delitto pianificato e anche inscenato come quello di Pintori e una macchina che investe per livore provocando un danno paraplegico.»

«È vero. Dovremo comunque controllare l'alibi di questa ragazza e cosa faceva la notte dell'assassinio.»

«Voi escludete la moglie a priori, quindi?» chiese Giorgia.

«E anche la segretaria, quella Bonci che a me a pelle proprio non convince?» insisté Iacobacci.

«Sì, le escluderei» rispose Micol. Maccagnani non proferiva parola. Lei si domandava se li stesse ascoltando.

«E se fosse una delle ragazze di cui Pintori si è approfittato? I nomi sono tanti, ma quella sirena potrebbe esserci d'aiuto» ipotizzò Ivo. Intanto Micol si alzò e andò alla finestra. Fuori, al piano terra, si era creata la solita ressa di stranieri in fila per la richiesta del permesso di soggiorno.

«La sirena non ci porterà da nessuna parte» disse Giorgia, secca. «L'ispettrice l'ha detto, no? La cantante che quindici anni fa l'aveva vinta col primo premio è morta e non può essere stata lei. Io e te, Ivo, abbiamo parlato con le altre concorrenti e nessuna ci ha riferito qualcosa di sostanziale. Non è la sirena la chiave.»

Micol, ancora alla finestra, di spalle, si inserì con voce triste:

«Sicura, Giorgia?».

«Sicura di cosa?»

«La sirena.»

Fu quando Micol si voltò che gli occhi azzurri di Giorgia

divennero come quelli di un cervo nel momento in cui sta per essere trafitto.

«Il trofeo è stato vinto da Simona Gai, una promettente cantante cui è stata stroncata la carriera. Anche lei della scuderia di Pintori. Lui ne ha decretato prima il successo, poi il declino. Mi è bastata una telefonata in comune per scoprire lo stato di famiglia di questa donna.»

Il silenzio si fece tesissimo e Maccagnani finalmente sembrò seguire con attenzione le parole di Micol.

«Questa donna ha avuto giovanissima una bambina... e questa bambina chi era?»

Giorgia divenne una statua di pietra. Soltanto le tremavano le labbra.

«Eri tu, Giorgia, e hai seguito il dramma di tua madre quando ha visto sfumare i suoi sogni. All'inizio hai deciso di fare la poliziotta perché volevi sistemare un mondo che non funzionava. Poi, l'anno scorso, quando lei si è suicidata, è andato tutto a rotoli.»

Ci fu una pausa, ma nessuno prese la parola. Micol disse, con voce dolce:

«Giorgia, lo sai, vero, che hai diritto a un avvocato nel caso...?».

«Sì. Ho preso io la sirena, è vero, da casa dei nonni. Ho infilzato io quel porco di Pintori.»

«Ma non l'hai ammazzato» precisò Micol.

«No.»

«Perché non eri sola in quella stanza, vero?»

La voce di Giorgia divenne all'improvviso inflessibile:

«Mi avvalgo della facoltà di non rispondere».

«Con te in quella stanza c'era qualcuno. O meglio: qualcuna. Tu eri la sua complice. Servivi da apripista, ma Pintori ne era ignaro. Probabilmente ti eri spacciata per una nuova aspirante cantante, poco importava che tu non sapessi cantare, tanto a lui il talento non interessava. Eri entrata nel suo ufficio, lui ti ha offerto da bere e tu gli hai versato delle benzodiazepine nel calice. Solo quando lui era stordito è entrata in gioco la tua sodale.»

L'altra la guardava impassibile, mentre Maccagnani alzava le sopracciglia incredulo. Micol manteneva un tono pacato, cercava di non far trapelare il suo dispiacere. In quei mesi si era affezionata a Giorgia, questo lavoro di demolizione le costava molto.

«Hai cercato di depistarci, di insospettirci con la moglie di Pintori.»

«...»

«Ok, non vuoi parlare. Ma la tua complice ha lasciato un indizio e la Scientifica forse troverà delle tracce. Non ha un volto, ma avrà un nome. Non esiste in nessun archivio discografico, quindi non è mai stata lanciata nel jet-set, ma prima o poi la troveremo.»

E le piazzò sotto al naso la stampa del quadro di Tiziano.

Allora tutti fissarono l'immagine – soffermandosi per la prima volta con estrema attenzione sul volto ermetico, quasi soddisfatto, della fanciulla che reca sul piatto la testa decapitata.

Club 27

Io ricordo bene quella bambina tutta occhi azzurri, che guardava adorante sua madre cantare. Simona Gai non era un granché, ma vinse lo stesso perché era molto più carina con Pintori di quanto lo fossi stata io. Allora ci conoscevamo un po' tutte per nome, ragion per cui quando, un anno fa, lessi la notizia del suo suicidio, decisi di rintracciare la figlia per capire di che pasta fosse. La ritrovai sola in un parco che fissava una famigliola di cigni, e iniziai a parlarle. Dapprima con dolcezza, con circospezione, poi entrai sempre più in confidenza. Mi ritrovai di fronte una creatura fragile, scossa, manipolabile. Capii subito che mi avrebbe aiutata ad entrare nell'ufficio di Pintori per vendicare sua madre. Le spiegai che anche Salomè non ci avrebbe pensato due volte a prendere una decisione:

«Tu sai chi era Salomè, vero?»

«Sì, l'ho letto sulla Bibbia.»

«Sei una ragazza di chiesa?»

«Lo ero. E comunque non voglio nessuno sulla coscienza.»

«Tu non devi macchiarti le mani. Devi solo darmi una mano a rendere Pintori un po' docile.»

Giorgia pareva ipnotizzata dalla scia lasciata sul laghetto

dal gruppo di cigni che si stava allontanando e io sentivo che l'alleanza di sangue era siglata.

Arrivò la sera tanto agognata.

Per non farci vedere dalle telecamere della via principale, avevo trovato il modo di intrufolarci da un ingresso pulito dei garage. Il sistema delle telecamere del palazzo l'avevo già messo fuori uso, era stato così facile distrarre il portinaio. Quando agisci come morto vivente ti si azzerano le emozioni e non corri il rischio di commettere passi falsi, perché esegui ogni passaggio con precisione chirurgica, senza paure né rimorsi.

Attendevo fuori dalla porta di Pintori e immaginavo la scena dentro.

Lui che faceva accomodare Giorgia in ufficio con parole lusinghiere, pregustando l'esito di quell'incontro.

Giorgia, minuta e graziosa, finta come una bambolina esposta in vetrina, che simulava di interessarsi alla proposta di un contratto. Poi lui le versava del Cointreau in un calice e lei gli versava di nascosto del midazolam.

Chiusi gli occhi, stava per giungere il mio momento, solo qualche minuto di attesa.

Quando mi presentai davanti a lui, ebbe un sussulto. Il sedativo non aveva ancora fatto effetto e, sebbene un certo torpore si fosse impossessato delle sue membra, tuttavia la coscienza non lo aveva abbandonato. In un lampo capì tutto, quel porco bastardo non era scemo.

Lo spavento durò ben poco, il farmaco ebbe la meglio e lui piombò in uno stadio catatonico.

Fu allora che cominciò il mio rito. Breve ed essenziale. Pulito.

Non so perché, alla fine, attaccai alla parete quella cartolina. Un vezzo? Una firma? Una rivendicazione?

Ero sicura che non potessero risalire a me, col mio nome non avevo mai pubblicato nulla.

Il mio sogno era stato abortito, altrove ero sconosciuta.

Praticamente non esistevo.

7

Micol tagliava l'acqua con una violenza inaudita. Era in piscina già da venti minuti, ma non accennava a rallentare. Stile libero era la sua dimensione, a seguito degli elogi dell'istruttore: quando era bambina sua madre l'aveva iscritta a qualche gara – dove non aveva mai eccelso – ma a lei non interessava primeggiare, voleva ritagliarsi il suo spazio intimo con quella realtà magica e fluida, malleabile, mutevole, che la confortava come liquido amniotico.

A ogni bracciata cercava di sciogliere la rabbia accumulata negli ultimi giorni, una rabbia compressa, tellurica, che non poteva gridare a nessuno. Nemmeno alla sua amica del cuore Virginia, perché neanche lei – così inflessibile sul lavoro, così professionalmente ineccepibile – l'avrebbe capita. Avrebbe senza dubbio condannato i pensieri che l'avevano sfiorata.

Sì, perché Micol, per la prima volta da quando aveva intrapreso la sua carriera da poliziotta, aveva vacillato. Conosceva bene la debole parabola italiana del #MeToo e immaginava cosa avessero provato queste ragazze adescate nell'ambito discografico. Aveva apprezzato Giorgia per la sua dolcezza e la sua serietà, si era calata nei suoi panni di figlia. Anche lei, Micol, avrebbe desiderato riscattare sua madre cui era tanto legata, in una situazione analoga, se una vendicatrice nera si fosse materializzata all'improvviso?

L'ispettrice non aveva più fiato, raggiunse il bordo vasca e vi si aggrappò per respirare a pieni polmoni. "Queste donne si sono fatte giustizia da sole perché nessuno le ha aiutate" le suggerì una vocina. Non era giusto, ma qualcosa le urlava che non era nemmeno legittimo che queste donne venissero abbandonate a loro stesse. Che personaggi ignobili come Pintori fossero lasciati liberi di abusare del proprio potere. Che la giustizia e leggi farraginose come la 609-septies del codice penale agevolassero i molestatori.

Perché si sentiva in colpa per aver smascherato Giorgia? In fondo come poliziotta aveva fatto il proprio dovere. Sulla cartolina di *Salomè* di Tiziano, la Scientifica aveva rinvenuto delle impronte e probabilmente Giorgia avrebbe confessato l'identità della sua complice. Una donna matura sarebbe finita in prigione per omicidio e Giorgia non solo sarebbe stata incriminata, ma avrebbe perso carriera, forse anche le speranze. Ma c'erano alternative?

Prima di andare in centrale, Micol quella notte, per una frazione di secondo, ci aveva pensato: "E se non svelassi quello che ho scoperto? E se lasciassi le cose come sono? Nessuno arriverebbe a Giorgia, stanno seguendo altre piste, e la donna che ha ucciso Pintori forse ora potrebbe provare l'abbraccio confortevole della pace". E se l'avesse detto al suo bel ricercatore albanese, lui avrebbe capito? Oppure Roven avrebbe scorto in lei soltanto debolezza? Non avrebbe mai avuto una risposta, l'ispettrice. Le avrebbe fatto tanto bene condividere con qualcuno il suo rovello, ma per una questione di opportunità sapeva che se lo sarebbe tenuto stretto nelle segrete del suo cuore. Intanto, però, aumentò il desiderio che le due settimane trascorressero in fretta, mancavano ancora nove giorni prima di rivedere Roven e non vedeva l'ora di stringerlo a sé e lasciarsi stringere.

Riprese a nuotare e tornarono ad avvolgerla ondate piene di sensi di colpa.

Lei che aveva considerato di infrangere la legge, di coprire un'assassina... Poi subentrarono le riflessioni etiche a spazzare via tutto. L'orrore per il crimine, di qualsiasi natura, le lotte storiche contro la faida. Il suo astio verso la violenza fai-da-te. La fiducia – nonostante tutto – nel suo lavoro e in un sistema che, sì, presentava tante falle, ma ancora funzionava.

Era sicura: mancava un epilogo. Quella notte l'ispettrice aveva sognato Salomè su un palco che lanciava stelle al pubblico. Senza volto, indefinita, ma era lei. Il significato era palese: Salomè avrebbe riservato qualche sorpresa.

Micol si rituffò sott'acqua e scese giù, giù, giù fino a toccare il fondo della piscina. Come a voler lasciare lì, sulle piastrelle verdazzurre, il suo sgomento. Avrebbe disperso nell'acqua quello che avrebbe voluto dimenticare, almeno per un po'. La testa decapitata del Battista. Quelle stupide hit lanciate da Pintori. Lo squallore della casa di Gronchi. Gli occhi di mare artico spaesati di una figlia che si era sacrificata.

Risalì per reclamare ossigeno.

Ora era sicura: la sua era stata la scelta giusta.

Club 27

C'è una cosa che ancora non vi ho detto. Prima di ammazzare Pintori, in quei pochi minuti in cui lui ancora non aveva perso la lucidità, gli feci firmare una dichiarazione.

> *Che venga messo agli atti che io, Louis Pintori, ho sempre impunemente approfittato del mio ruolo per circuire, imbrogliare, illudere, molestare, talvolta stuprare, le aspiranti cantanti che si sono presentate alla mia casa discografica. Ho sfruttato piegando alla mia libidine le loro oneste domande di lavoro. Chi non si è sottomessa alle mie richieste si è vista in un colpo sottrarre le promesse, bruciare la carriera e chiedere tutte le strade, tramite ostruzionismi e mobbing da me perpetrati grazie a connivenza con le tante conoscenze e aderenze di cui in questi anni ho potuto beneficiare. Una rete immensa, non potete nemmeno immaginare, fatta di insospettabili.*
> *Dichiaro altresì che ho permesso che venisse plagiato il brano* Killing Lips, *indebitamente presentato a Sanremo Giovani come proprietà artistica di Stella del Deserto, in realtà appartenente all'artista da me ingannata Maria Grazia Gemma, che avrei dovuto lanciare sul mercato discografico col nome di Salomè.*

Dichiaro di essere un maschilista bastardo che in fondo odia le donne: far finta di andare con tutte loro è stato un modo per nascondere al mondo e soprattutto a me stesso che in realtà mi fanno schifo.
Il perché indovinatelo da soli.

Feci alcune copie del documento e le spedii alle redazioni delle più importanti testate, mentre inviai la copia dell'originale all'ispettrice che si stava prendendo tanto a cuore questo caso, Micol Medici.

Sarebbe sorto un polverone. Se mi fossi consegnata, sarei stata inghiottita da un turbinio di polemiche, sarei stata contesa dai talk show, coccolata da innocentisti, corteggiata persino da nuovi agenti.

Forse sarei resuscitata?

Certo, se mi fossi esposta, tutto questo bailamme mi avrebbe agevolata, mi avrebbe ricoperta di popolarità, qualche grossa etichetta discografica si sarebbe fatta avanti e forse avrei toccato la luna con la punta delle dita. Sarei diventata la regina del blues, seppur con qualche decennio di ritardo. *Il riscatto di Salomè*, già immagino i titoli dei giornali. Pochi anni di prigione e poi la gloria, sapete come funziona in Italia. E nulla mi avrebbe vietato di cominciare tra le sbarre, quanti detenuti fanno le dark star.

Ma quando si muore a ventisette anni, non c'è più spazio per i sogni.

Io ero già altrove da troppo tempo.

Ero rimasta qui solo di passaggio, avevo ben chiara la transitorietà della mia condizione.

Quindi decisi di sparire dalla scena.

E lo feci senza troppo scalpore, una sera sotto le stelle, canticchiando il mio ultimo blues.

MARIOLINA VENEZIA

Lettera alla mia giudice

Dottoressa Immacolata Tataranni,
Sostituto Procuratore,
Procura della Repubblica di Matera
Viale Aldo Moro, 26, 75100 Matera

Dottoressa,

vorrei tanto che una persona, almeno una, mi capisse. E il mio desiderio è che quella persona sia lei. Nelle settimane dell'inchiesta abbiamo passato insieme parecchio tempo, ma allora era troppo presto. Lei era il sostituto procuratore che conduceva le indagini, io in un primo momento, da un punto di vista tecnico, solo una persona informata sui fatti. Poi, come lei sa, sono diventata la principale indagata. È ovvio, non potevo parlare apertamente, e per essere precisa non ero nemmeno in grado di farlo. Proverò a spiegarle tutto con questa lettera, se ci riesco, perché sulla mia vicenda ci hanno messo bocca in tanti, troppi, e nessuno per un motivo o per l'altro era davvero interessato a capire la verità. Tranne lei, dottoressa Tataranni. Me ne sono accorta subito, da come mi guardava.

Non so quale impressione abbia avuto di me quando ci siamo incontrate per la prima volta, quel pomeriggio di fine giugno che ha cambiato per sempre la mia vita. Io mi ricordo benissimo di lei, e dell'effetto che mi ha fatto. È arrivata insieme a quel giovane maresciallo così bello che avrebbe potuto essere un attore, preceduta da un mormorio. Di timore, di ammirazione, di condanna? Di tutti e tre, ho capito poi.

Ci crede? Posso dirle per filo e per segno cosa indossava. Una gonnellina azzurra con le balze, a pois bianchi. Una maglietta animalier, leopardata per l'esattezza, attillatissima, con un'ampia scollatura e un grosso fiocco sul seno. Ai piedi portava un paio di scarpe dai tacchi esagerati, tempestate di lustrini rossi e guarnite da un fiore rosa e bianco, un genere che al massimo potevo immaginare di veder sfoggiare in un matrimonio di periferia. Come se non bastasse, aveva una borsa arricchita da frange verdi e gialle. Su tutto svettava la sua chioma color carota, con una leggera ricrescita.

La sua apparizione, nonostante il momento terribile, per un attimo ha cancellato ogni altro pensiero. Si è impressa nella mia mente come una fotografia. Sono rimasta folgorata, ecco. Esagero se le riporto l'impressione di uno spostamento d'aria, come un boato improvviso, un fenomeno della natura, un avvenimento epocale? Mi perdoni, sono percezioni quasi inconsce, difficilmente classificabili, e io sto cercando di dar loro un nome, un ordine, una coerenza. Non so fino a che punto ci riesco, e alla fine non c'è nessuna ragione perché io debba farlo, se non quella di spiegarmi, di mostrarle i meccanismi dei miei ragionamenti, quasi nella speranza che lei possa osservarli, capire, e rivelarmi a me stessa. La verità, dottoressa, sono io la prima a cercarla, mi creda. Non tanto quella dei fatti, quanto quella che c'è sotto, seppellita dentro di noi.

I giornalisti, fin dall'inizio, si sono tuffati a pesce sulla mia vita. Figuriamoci se si lasciavano sfuggire un'occasione così ghiotta. Prima mi hanno descritta come una specie di cenerentola della Roma di borgata, venuta a incontrare il suo destino a Matera. Poi, quando l'opinione pubblica si è divisa, alcuni mi hanno fatta passare per una povera vittima del suo odio sociale, e si sono accaniti su di lei. Altri si sono scatenati contro di me, scomodando vari personaggi mitologici o cattive delle favole. Non vedevano l'ora di darmi un nome a effetto, che attirasse l'attenzione e la riprovazione del pubblico. Mi sembra che succeda spesso, quando di mezzo c'è una donna. Ci ha fatto caso? La Circe della Versilia, la mantide di Cairo Montenotte, o di Gela, o di Casandrino. Se poi è di aspetto anche solo gradevole, direi sempre.

Ma sto divagando. Mi deve scusare, dottoressa: non sono abituata a mettere i miei pensieri nero su bianco. Nella vita ho fatto tutt'altro, e una lettera come questa, scritta con l'inchiostro sulla carta, è la prima volta che provo a buttarla giù: finora al massimo ho mandato qualche mail. A parte, a pensarci, un compito in classe di tanti anni fa. La professoressa delle superiori ebbe l'idea di assegnarci proprio una lettera, fra le tracce che ci dava da scegliere. Il destinatario poteva essere chiunque, se non ricordo male, l'importante era che raccontassimo qualcosa di noi, della nostra vita, sogni, ricordi aspirazioni eccetera eccetera. Diceva che noi ragazzi non eravamo più capaci nemmeno di tenere la penna in mano, e ancora meno di articolare un pensiero compiuto, che non si esaurisse nel giro di poche parole a effetto. Noi le ridevamo dietro. A che ci poteva mai servire imparare una cosa che ormai non si usava più da almeno un decennio, rispolverando un'usanza legata a un secolo ormai bell'e concluso? Io comunque in qualche modo me la cavai, come mi succedeva in quasi tutte le materie. La Zanetti mi apprezzava. Secondo lei ero una ragazza intelligente, dovevo solo avere un po' più di fiducia in me stessa. Io ero convinta che stesse prendendo un abbaglio, e che inevitabilmente l'avrei delusa. Come in effetti è stato. Non ho mai avuto particolari velleità, al contrario di quanto hanno voluto lasciar intendere i giornalisti. Le cose mi sono successe senza che me le andassi a cercare, spero che su questo almeno lei vorrà credermi.

Sono orfana di padre, lo sa. L'ho perso che avevo otto anni. Era venuto a Roma da ragazzo per frequentare l'accademia. Lì aveva incontrato mia madre, e lei quasi subito era rimasta incinta di me. Dopo il matrimonio nacque anche mio fratello. Mio padre stava preparando la sua prima esposizione personale quando una malattia fulminante l'ha stroncato. Forse quello che non sa, ma lo può immaginare, è che mia madre ha fatto molti sacrifici per tirarci su. Mi verrebbe da dire che non vedeva l'ora di sbarazzarsi di noi, ma sarebbe un pensiero poco generoso. Non ci è mai mancato niente, come si usa dire, e a quanto ci ha sempre ripetuto non si è risposata proprio per colpa nostra, perché non voleva darci un patrigno. Se devo essere sincera, avrei preferito averlo, un patrigno, un po' perché gli altri bambini a scuola avevano un papà che a volte andava a prenderli e veniva alle recite, e guidava la macchina, un po' perché magari un patrigno avrebbe cancellato quell'espressione tesa che mia madre aveva sempre sul viso, come se il mondo le fosse appena crollato addosso. Inutile dirle che io e mio fratello ci sentivamo colpevoli, e avremmo fatto di tutto per togliere il disturbo. A sedici anni, infatti, ho iniziato a lavorare presso una vicina di casa, che mi sfruttava con la scusa di insegnarmi un mestiere. In realtà a fare la sarta l'avevo già imparato da mia nonna, quando era ancora viva. Era stata sarta anche lei, ma poi aveva messo al mondo troppi figli e si era trovata costretta a smettere per stargli dietro. Mia madre invece aveva preferito il lavoro fisso: operaia in una fabbrica di polli in fondo alla Tiburtina. Cosa che aumentava ancora di più il suo disgusto verso tutto.

Per andare dalla sarta io lasciai la scuola, una scelta in quel momento inevitabile, nonostante le proteste della Zanetti, la professoressa di lettere, che continuava a parlare di intelligenza, potenzialità, università, tutte cose da me lontanissime: studiare mi piaceva, è vero, ma avevo problemi molto più impellenti da risolvere. Mio fratello, per esempio. Volle togliere il disturbo anche lui, di lì a breve. Aveva iniziato ad assumere eroina e cocaina insieme ad altri ragazzi del quartiere e pian piano si allontanò da casa senza che ci fosse nessuno a parte me che si prendesse la briga di intervenire, di allertare un servizio sociale, di convincerlo a tornare. A un certo punto preferì vivere per strada, non molto distante da casa nostra. Noi non lo sapevamo, tanto che quando, diversi anni dopo, lo trovarono morto e cercarono qualcuno per identificarlo, stentai a riconoscerlo. Ma a quell'epoca ero già sposata, e la mia vita aveva preso un indirizzo completamente diverso. Perché le dico tutto questo? Non per giustificarmi, gliel'assicuro. Sto solo cercando di darle tutti gli elementi per mettersi nei miei panni. Che poi in parte sono gli stessi di cui si è servita l'opinione pubblica nell'invocare il movente economico.

Ricorda quando veniva a trovarmi quasi tutti i giorni, con la scusa di informarmi dei progressi dell'indagine, e mi invitava a riferirle ogni particolare che potesse riaffiorarmi alla mente? Si sedeva sul divano, e intanto mi osservava, con quel suo sguardo penetrante, eppure così umano. Sembrava dirmi voglio solo capirti. A giudicarti ci penseranno altri. Quel suo sguardo, per me, era una promessa. Nel momento in cui tutto è crollato è l'unica cosa a cui sono riuscita ad aggrapparmi.

Da quando sono stata arrestata, nelle varie carceri dove mi hanno spostata di volta in volta, ho incontrato donne di ogni genere. Giovani, vecchie. Bugiarde, ladre, assassine. Ognuna di loro, di solito, aveva alle spalle una storia da raccontare. Io evitavo accuratamente ogni domanda, e non parlavo mai di me, per non suscitare confidenze. Nello stato in cui ero, non avrei potuto sopportarlo. E ora mi chiedo che effetto fa a lei, questa mia storia che la sto obbligando a conoscere nei dettagli. Se la rattrista. Se le tornerà in mente in un momento della sua vita familiare, magari mentre festeggia un compleanno, o durante una gita, creando un'ombra sul suo viso, che subito si affretterà a scacciare. Mi sto dando troppa importanza? Può essere. In fin dei conti sono solo un caso come un altro, una pratica da risolvere e archiviare quanto prima. Eppure, non mi prenda per pazza, ho intuito o forse solo immaginato in lei una capacità di comprensione tanto ampia da riuscire ad abbracciare ogni sfumatura dell'essere umano, anche quelle che di solito non vengono tollerate. La comprensione di una madre, mi verrebbe da dire. Per me che da mia madre di comprensione ne ho avuta ben poca, e quando sono stata madre a mia volta ho fatto tutto il contrario di quello che avrei dovuto e voluto fare.

Si starà chiedendo perché ho scelto proprio lei. Per raccontarle la mia vita, intendo. Lei, che tutto sommato conosco appena, e nessun altro. Ci arriverò. Per il momento posso solo confidarle che da quando l'ho conosciuta ho provato diverse volte la tentazione di farlo. Ma certo non potevo mentre ero in procura, con l'avvocato difensore a fianco e la sua cancelliera che verbalizzava. Né tantomeno in sede di processo, quando mi interrogava con quei suoi modi spicci, da casalinga abituata a impastare la farina, o a sventrare i pesci o i polli.

Sa che fin dall'inizio ho cercato di indovinare la sua, di storia? Se era sposata, se aveva figli, se era felice. Lei osservava me e io osservavo lei. Ho visto subito la fede al dito. Poi da alcune telefonate ho intuito che ha una figlia, Valentina. All'ultima domanda non saprei rispondere. La farò ridere, sa che a un certo punto ho pensato che potesse essere innamorata del giovane carabiniere che la segue come un'ombra? Quello con quel cognome strano. Calligiuri, mi pare. Bellissimo ragazzo. Sensibile, delicato. Certo un po' giovane. Le dirò di più. Secondo me anche lui la ama. Ma forse sono solo fantasie di una persona che ha fatto un passo dall'altra parte e ha una percezione un po' diversa della realtà. Più giusta o invece distorta non spetta a me dirlo. Il delitto segna un prima e un dopo, se n'è accorta? È come oltrepassare una soglia e guardare ogni cosa da un altro punto di vista. Lo spettacolo da dietro le quinte, il film dal set, il vestito dal rovescio, dove ci sono le cuciture. Senza la confezione nella quale abbiamo tanto bisogno di impacchettare tutto, fingendo per reciproca convenzione che l'umanità sia completamente diversa da quello che è, nascondendo la nostra vera natura come se non si andasse in bagno, non si facessero cose inammissibili in camera da letto, non si provassero sentimenti inconfessabili. Poi a un certo punto le cose ti appaiono in un lampo come stanno davvero e non puoi più tornare indietro. A me è successo. Di questo vorrei parlarle.

Conoscendola meglio ho quasi avuto pietà di lei, sa? Tutti pensano che ho cercato di suscitarla, la pietà, invece l'ho provata io. Per chi? Per il temutissimo sostituto procuratore Tataranni, che in quel momento mi stava addosso, cercando di incastrarmi. A forza di frequentare assassini, di osservarli, di mettersi nei loro panni, anzi nella loro pelle, mi sono fatta l'idea che anche a lei è apparsa la verità. I fili che tirano i burattini. Il problema è che lei non si trova in carcere, come me. Lei vive nel mondo, dottoressa. Si alza la mattina, prende il caffè, saluta suo marito e sua figlia, va al lavoro, fa la spesa. Ha rapporti con i colleghi. Con i parenti. E intanto deve accettare almeno una dose di quelle bugie che si dicono per quieto vivere, quelle che tengono insieme le famiglie e le società. E lo fa sapendo di farlo. Forse per questo è sempre così insofferente, scuote la testa, dà rispostacce, si fionda coi suoi tacchi chissà dove. Deve essere una tortura. Perché la maggior parte della gente la verità non la vede proprio, e va avanti alla cieca. Quando uno l'ha vista va a finire come me. Oppure come lei, che sbuffa e bolle e non si sa mai cosa può combinare.

Andavo a giornata da una sarta, le dicevo. A un certo punto iniziammo entrambe a lavorare per una costumista cinematografica. Il resto l'avrà letto sui giornali, ma glielo riassumo perché ognuno ha raccontato i fatti a modo suo, aggiungendo, togliendo o travisando dettagli per dipingermi come una povera vittima, oppure una scalatrice sociale, un'abile manipolatrice, un mostro: la cosa vera, per quanto possa sembrare inventata sulla falsa riga di certe storie anni Cinquanta, è che durante le riprese di un film un'attrice secondaria, di quelle che non devono dire molte battute ma si credono importanti perché in passato hanno vinto qualche concorso di bellezza, iniziò a dare in escandescenze. Pretendeva che l'avessimo vestita male, secondo lei dovevamo metterle qualcosa di diverso. Non era la prima volta che trovava da ridire, quel giorno però il regista arrivò al limite della sopportazione, e vedendo che mi affannavo cercando di accontentarla, ebbe l'idea di affidarmi la parte al posto suo. Suppongo fosse più che altro un modo per dare uno schiaffo morale a una che aveva creato problemi fin dalla prima prova costume. Io all'inizio caddi dalle nuvole, rifiutai, cercai di tirarmi indietro in tutti i modi. Recitare, gliel'assicuro, era l'ultima cosa che mi fosse mai passata per la mente. Mi sentivo goffa, ridicola, e poi non volevo far torto a quella ragazza che ci teneva tanto al suo ruolo, ma alla fine mi arresi. Vinsi la mia naturale riservatezza e con mia grande sorpresa la cosa funzionò. Non mi sembrò nemmeno così difficile, malgrado tutto. Parlarono di fotogenia, di presenza scenica. Fu così che conobbi mio marito. Enrico. Era il produttore del film. Un po' più anziano di me, ma non troppo. Un figlio di emigranti italiani cresciuto in Canada, che aveva fatto strada. Quello era il primo film che finanziava nella terra dei suoi genitori.

In seguito si è detto che avevo premeditato tutto. Che avevo acconciato apposta quell'attricetta in un modo che non le donava per metterla in difficoltà e farmi notare al posto suo. Lei stessa, che ormai si è ritirata dalla carriera cinematografica, ha rilasciato numerose interviste parlando di me come di una gatta morta. Dal suo punto di vista non si spiega, altrimenti, come io sia riuscita a sposare uno che avrebbe potuto avere attrici, modelle, ereditiere, insomma prime donne di quel mondo scintillante che era riuscito a conquistare con la tenacia e l'intelligenza. Invece aveva scelto me, che non ero nessuno ed ero anche piuttosto insignificante. L'idea che mi sono fatta io è che nemmeno mio marito tutto sommato apparteneva a quel mondo. In fondo era rimasto il nipote di quei contadini così poveri che i figli avevano dovuto partire lasciandosi alle spalle i loro affetti per andare a cercare lavoro da un'altra parte. La madre era di Pisticci, in Basilicata. Il padre toscano, del Mugello. Quando iniziò a invitarmi a cena e il suo autista mi veniva a prendere con quella Mercedes nera tutta lucida, la gente del palazzo dove abitavo si affacciava alla finestra, e mia madre iniziò a guardarmi con maggiore considerazione. Io non mi feci troppe domande. Un'inaspettata fortuna mi stava cadendo addosso. Certo non mi chiesi cosa desiderassi davvero. In quel momento era l'ultimo dei problemi.

Mio marito lanciò la mia carriera, imponendomi in alcune delle sue produzioni. Un po' di fortuna e il mio carattere accomodante hanno fatto il resto. Senza che fosse mai stato un mio desiderio, ma nemmeno una lontana aspirazione, riuscii dove tante altre fallivano: diventai attrice. Ai registi non dispiaceva lavorare con me, più che altro, suppongo, perché non piantavo grane: ero docile, plasmabile, e non mi tiravo indietro quando bisognava rifare più e più volte la stessa scena.

Forse erano gli stessi motivi per cui mi aveva apprezzata lui, Enrico. Che intanto aveva deciso di trasferirsi in Italia, così prendemmo casa a Roma Nord, nel quartiere Trieste. Ci sistemammo in una grande villa circondata da un giardino. Al piano terra abitava una coppia di filippini che provvedevano a ogni nostra necessità, giorno e notte. Spesso davamo cene e feste alle quali partecipavano personaggi del mondo dello spettacolo, qualche politico, e una massa di nullafacenti e scrocconi. Mi sembrava di guardare un film sulla vita di qualcun altro. Quando mia madre ci lasciò, prematuramente, non rimase quasi più nulla che mi legasse al mondo dov'ero cresciuta. Ero diventata a tutti gli effetti una signora di Roma Nord, una di quelle che avevo conosciuto ai tempi in cui facevo la sarta, e mi capitava di consegnare un vestito o andare a prendere le misure. Ricordo bene una di loro. Una donna bellissima, bionda, fredda, con uno sguardo così annoiato che sembrava morta. Anch'io mi sentivo come lei, adesso. Nei grandi ambienti dai soffitti alti, dove tutto era fatto per non urtare lo sguardo, o l'udito, e men che meno l'olfatto, ero caduta in una specie di torpore. Certe volte ripensavo al quartiere in fondo alla Tiburtina, dove avevo abitato con mia madre, e dove ora non avevo più motivi per tornare. Pensavo alle liti dei vicini, che filtravano attraverso i muri troppo sottili degli appartamenti. Alle risate. Al sottofondo dei televisori sempre accesi. Al chiasso dei bambini che giocavano a pallone sotto casa. Ai cani che abbaiavano. Adesso mi sembrava che mi mancassero i tubi di scappamento delle macchine, i suoni insistenti dei clacson, le imprecazioni. Persino le puzze improvvise. Di spazzatura, di fogna, di profumi a buon mercato che impregnavano a lungo l'ascensore. O quella della fabbrica di polli che mia madre si portava addosso nonostante i detersivi aggressivi con i quali lavava in continuazione i suoi abiti. Ero stata felice, lì? Non è questo il punto. Il punto è che in quel luogo dove niente era scontato, e io dovevo mettercela tutta anche per le cose più banali, mi sentivo viva. Nella villa del quartiere Trieste ero diventata come quella donna bionda i cui occhi mi avevano fatta rabbrividire, nemmeno tanto tempo prima.

Un giorno successe un episodio che può darle la misura dello stato in cui mi trovavo, e forse fornirle un tassello in più per spiegare l'inspiegabile. Avevo ordinato un divano color lavanda, che costava quanto un tempo sarebbe bastato a me, a mia madre e a mio fratello per tirare avanti almeno due o tre mesi. La stoffa della tappezzeria l'avevo scelta in un negozio di tessuti del centro, poiché le dozzine di tinte in catalogo non mi soddisfacevano. Per farla montare dall'azienda avevo accettato di pagare la cifra esorbitante che mi chiedevano, trattandosi di un procedimento extra. Al momento di inoltrare l'ordine, mi ricordo, la commessa del negozio ricevette una telefonata, e compilò il bollettino stando al cellulare. Dentro di me dovetti rendermi conto che qualcosa non andava, infatti le chiesi se fosse tutto a posto: avevo esitato fino all'ultimo fra due gradazioni quasi identiche, e mi ero portata a casa un campioncino delle due stoffe per valutare la tonalità nell'ambiente dove avrebbe dovuto inserirsi. Vedendomi esitare, la commessa mi disse in tono sbrigativo di stare tranquilla, e io le diedi retta, mettendo a tacere la sensazione che avevo provato per un attimo. Firmai l'ordine e me ne andai.

Il divano impiegò quasi un mese e mezzo per arrivare. Quando lo vidi, si impadronì di me un leggero senso di delusione che cercai invano di scacciare. Commentai la scelta con mio marito, chiedendomi sotto sotto se fosse valsa la pena pagare quella cifra esagerata e complicarmi la vita. Dopotutto, il colore previsto dal catalogo sarebbe stato altrettanto valido, se non addirittura più adatto. Ma Enrico si complimentò dicendomi come al solito che avevo un gusto squisito, così non ci pensai più. Era passato un mese, quando in una borsa trovai i due campioni di stoffa, con la matricola che variava solo per l'ultima cifra. Infine capii: mentre parlava al telefono, la commessa si era sbagliata a compilare i dati e la tinta non era quella giusta. Purtroppo, come temevo, quando la chiamai declinò ogni responsabilità: l'unica cosa che faceva fede era l'ordine da me sottoscritto e firmato. Se volevo il colore che avevo scelto, dovevo ricominciare tutto da capo e pagare di nuovo. Mi prese un senso di ingiustizia, una rabbia che si scatenava soprattutto contro me stessa. Perché mi comportavo così? Perché non davo credito alle mie sensazioni e mi accontentavo di adattarmi a ciò che gli altri mi dicevano, abbracciando il loro punto di vista come se fosse migliore del mio? Quante volte l'avevo già fatto e quali erano le conseguenze? Tutte quelle domande alle quali non ero pronta a rispondere mi fecero tremare il terreno sotto i piedi.

Lo so, dottoressa, cosa starà pensando. Che è tutto così frivolo, e io devo essere come minimo una persona superficiale, per attribuire tanta importanza a stupidaggini del genere. Chi potrebbe darle torto? Ne sono più che consapevole io per prima, lo ero anche allora, e l'idea contribuiva a farmi sprofondare nella disperazione. Sì, era disperazione. Non valevo niente, mi dicevo. Oltretutto nemmeno il denaro poteva giustificare lo stato in cui ero piombata. Mio marito ne aveva più di quanto ce ne sarebbe servito anche se avessimo vissuto due volte per ciascuno, e benché il prezzo di quel divano fosse esorbitante, non ci scalfiva. Ma io pensavo a mia madre, a mio fratello, e ai sacrifici che avevamo fatto quando eravamo piccoli. Alla loro vita colpita dall'ingiustizia, e finita troppo presto, alla fortuna che avevo avuto io, di cui ero incapace di godere come avrei dovuto. Insomma, comunque rigirassi la faccenda, mi feriva. Mi capisce? Non so perché, dottoressa, a volte ho la sensazione che lei abbia una capacità di comprensione nei miei confronti maggiore di quella che riesco ad avere io stessa. Sarà che a volte confondiamo i nostri desideri con la realtà, sarà che invece per una volta ci ho visto giusto. L'avrà capito, la mia mente rischia di sconfinare in una zona grigia dove il raziocinio non esiste più. Eppure no, resto sul filo, e non c'è niente di più doloroso. Una conclamata follia mi libererebbe.

L'avvocato che mi ha difesa nel processo di appello puntava proprio su quella, come lei ben sa, per ottenere tutte le possibili attenuanti. Spesso mentre parlavo mi urtava col piede, dietro il banco dove ci trovavamo. Cercava di indirizzarmi occhiate, mi dava di gomito con discrezione, mentre io di proposito ignoravo quei segnali. Mi faceva quasi tenerezza, perché avevo deciso di non tener conto dei suoi suggerimenti. Uno sconto di pena era l'ultimo dei miei desideri. Che avrei potuto mai farmene, nella mia situazione? L'unica cosa che desideravo, dall'abisso dov'ero sprofondata, era la verità. Quella su me stessa, che continuava a sfuggirmi, e che lei invece, dottoressa, aveva ricostruito con tanta abilità. Almeno fino a un certo punto. Ma ora ritorno ai fatti. Che lei conosce, anche se non del tutto.

L'incidente del divano, e la depressione che aveva scatenato, mi aveva fatto capire quanto la mia vita fosse vuota. In quel momento non ero impegnata in nessun film, e non trovavo più vie di fuga. Maturai l'idea di avere un figlio. Solo quello poteva dare un senso alla mia vita. Almeno, così speravo.

Fin lì né io né mio marito ci avevamo pensato più di tanto. Non lo evitavamo, ma non lo cercavamo neppure, e il fatto che non fossi mai rimasta incinta non ci creava problemi. A quel punto, invece, gli dissi che volevo ricorrere alla fecondazione assistita. Come per ogni scelta legata alla sfera domestica, mi diede carta bianca, accettando di sottoporsi ai vari controlli e ai preliminari richiesti. Vede, ho un'idea su mio marito. Enrico non viveva esattamente nel mondo dove vive la maggior parte della gente. Il suo universo era il set, con le storie raccontate attraverso i film che produceva e tutto ciò che era necessario per realizzarle. La realtà per lui era quella, forse perché come me era uno sradicato che non trovava una vera collocazione da nessuna parte. Così aveva delegato alla sottoscritta qualunque decisione esulasse dal suo lavoro. Al di fuori di quello, sono convinta che ai suoi occhi una cosa valesse l'altra. Iniziammo quindi tutte le umilianti procedure necessarie. Io ero ancora giovane, però non funzionava. Non saltarono fuori problemi di carattere fisiologico, eppure sembrava che non riuscissimo a mescolarci. Infertilità sine causa, la chiamano. Adesso penso che ci sia una saggezza nella natura, e avrei dovuto rispettarla. Alla fine invece i nostri tentativi produssero un risultato e io riuscii a restare incinta. Nel momento stesso in cui appresi la notizia che l'embrione aveva attecchito, iniziai a temere per la sua vita.

Il medico mi aveva raccomandato di non affaticarmi. Annullai subito ogni impegno, rifiutando senza pensarci due volte anche un paio di proposte per ruoli piuttosto interessanti che mi erano arrivate nel frattempo. Il divano color lavanda da cui tutto era partito diventò il mio habitat. Anzi la mia tomba. Per nove mesi non mi mossi da lì. Abbandonai le feste dove andavo con mio marito, e quelle che davamo noi anche un paio di volte al mese. Gli aperitivi con le amiche, se amiche si potevano chiamare quelle conoscenze fatte qua e là, il più delle volte gente interessata a chiedere qualche favore, o solo a brillare di luce riflessa. Lasciai perdere i festival, i ristoranti, i viaggi del fine settimana. Lo shopping. E mi resi conto, proprio liberandomene, quanto poco mi appartenessero: dopo i primi tempi in cui ero stata presa dalla novità, quelle situazioni non mi interessavano neanche un po'. A volte, dottoressa, indossiamo la vita come un abito confezionato, anche se non fa per noi. Le è mai capitato di pensare una cosa del genere? Oddio, a giudicare da come si veste direi proprio di no.

L'ho sempre vista tutta trafelata, con un mazzo di cicorie che le spuntava dalla borsa, il cellulare all'orecchio e una molletta di plastica rimasta nei capelli. Una volta ho notato che aveva il pantacollant smagliato. Il bello è che ce l'aveva anche il giorno dopo. Probabilmente quella mattina si era messa di corsa gli abiti della sera prima e solo allora si era accorta, o si era ricordata, di quella smagliatura. Ma ormai era tardi. Si sarà detta chi se ne frega, precipitandosi fuori casa con quel suo passo che la sentono da lontano. Chissà che doveva fare di così importante. Magari un po' di spesa prima di andare in procura, o passare da sua madre a controllare se avesse preso la pillola, o qualche servizio per sua figlia. Normale amministrazione. Tanto alla fine l'unica cosa che conta sono i dettagli: più piccoli sono più pesano. Mi sbaglio? Abbia pazienza, dottoressa, per queste speculazioni, e anche per i miei tentativi maldestri di impicciarmi della sua vita. Si metta nei miei panni. Lei è sempre indaffarata, io da fare non ho niente, tranne certe scocciature con le quali cercano di tenerci impegnate. Comunque sia, non feci altro che leggere, nei nove mesi di gravidanza. Mi è sempre piaciuto tuffarmi nei libri, e in quel periodo era l'unica cosa che mi dava un po' di pace.

Quando nacque Sofia la paura di perderla non smise, anzi aumentò. Ci sono infiniti pericoli che minacciano l'esistenza di un neonato, lei lo saprà bene. Il soffocamento in culla, per esempio. Non è terribile? Un attimo, e tutto finisce. Ma anche un alimento sbagliato, una dose più grande o più piccola di qualcosa, un ruttino che non arriva, un colpo di freddo. Un cane che diventa aggressivo. Mi capisce? Ha mai temuto per la vita di sua figlia? Si è mai sentita schiacciare da una responsabilità più grande di lei? Scommetto di sì. Un giorno le è arrivata una telefonata. Mi stava facendo delle domande, che ha immediatamente interrotto, scusandosi. Si è allontanata, ha inciampato. Il tono della sua voce è cambiato, l'espressione del suo viso è diventata più tesa. Ho sentito degli spezzoni di frasi che cercavano di nascondere un'apprensione talmente esagerata da diventare comica. Da quello che ho capito sua figlia voleva imbarcarsi in qualcosa dalla quale lei cercava di dissuaderla. Un'occupazione, una manifestazione, non ho sentito bene. Poi ha concluso la telefonata ed è tornata a me, ma era evidente che pensava ad altro. A un certo punto ha voluto bere, ma era così sovrappensiero che non ha aperto la bocca e si è versata l'acqua sulla camicetta. Una camicetta rosa fucsia coi volant. Ma dove le compra, dottoressa?

Insomma, siamo madri, ci capiamo. Non ho mai smesso di temere per Sofia, nemmeno un attimo. All'inizio, con una telecamera da culla passavo le ore a guardarla per essere sicura che non le accadesse niente. Il thriller più mozzafiato non avrebbe potuto tenermi a tal punto col cuore in gola. Più tardi sorvegliavo ogni suo passo, bagnetto, cena, merenda, pranzo. Se si fosse messa in bocca qualcosa con cui poi si affogava? Se fosse caduta? Se l'avessero rapita? Non mi staccavo da lei, nonostante tutte le persone che mi davano una mano e avrebbero potuto occuparsene, alleggerendomi. Non mi fidavo di nessuno. Se qualcuno le avesse fatto del male, anche senza volerlo, avrei potuto ucciderlo. Proprio così. Ne ero consapevole.

Sa cosa ho pensato? Sofia per me era la materializzazione della felicità. E sono sempre stata convinta che la mia felicità non fosse fatta per durare. Per questo avevo tanta paura di perderla.

Qualcuno la chiama depressione post partum. Fu quello che mi diagnosticarono, ma non mi sono mai riconosciuta in questa definizione. Ognuno è infelice a modo suo, non crede? Se non ricordo male c'è anche uno scrittore che l'ha detto. Mi sembrava di avanzare in una specie di palude grigia, anzi color lavanda. Una raffinata agonia. Mio marito non se ne rese conto. In quel periodo la sua società si era allargata, grazie a una fusione con un gruppo francese, ed era più indaffarato che mai. Non è che non mi amasse, tutt'altro. Mi amava come si ama una moglie, che ritrovi la sera, e curi, e rispetti, e proteggi, anche se non sai cosa le passa per la testa né, più di tanto, ti interessa saperlo: vive in casa con te, le hai dato il tuo nome, e questo è sufficiente. Io diventai l'ombra di mia figlia. Quando crebbe la seguivo ovunque, come una sonnambula, nella continua preoccupazione che potesse succederle qualcosa. Un giorno giocava con la nipotina della cuoca, facendo a acchiappa acchiappa per tutta la casa. Ridevano come pazze, si divertivano. Voltandosi, mia figlia mi vide spuntare nell'arco di una porta. Sorpresi nei suoi occhi un'espressione strana. Di fastidio, forse di vergogna. Capii che ero di troppo, per lei. Un peso, più che un conforto.

Anche lei è madre, dottoressa. Quante volte si sarà sentita in colpa perché non ha dato a sua figlia tutta l'attenzione che avrebbe voluto? O al contrario, per essere stata invadente, ingombrante? Quante volte si è giudicata inadeguata al suo ruolo e si è pentita di quel passo fatto anni prima, quell'azione ormai irreversibile? Dare la vita, o la morte, sono le uniche cose dalle quali non si torna indietro. Siamo così sole di fronte a questo, non crede? I sentimenti complicati che ci legano ai nostri figli sono coperti da un mantello di ipocrisia. Non riusciamo a esprimerli, a scambiarceli. Restano lì, nell'ombra. Vengono fuori di notte, quando non sappiamo come affrontarli. Insomma, il mio stato diventò tanto preoccupante che se ne accorse persino mio marito.

Gliel'ho detto e glielo ripeto, mi amava. A modo suo, certo. Secondo lei, si può amare qualcuno che non capisci? D'altronde il suo comportamento durante il processo l'ha visto. È stato persino disposto a perdonarmi quando è venuta fuori la mia storia clandestina. Non tutti l'avrebbero fatto, non crede? A quell'epoca, comunque, cercò di correre ai ripari, e lo fece nel modo che gli era più familiare. Decise di produrre un film apposta per farmi tornare sul set.

Come le accennavo, sua madre, mia suocera, era originaria di Pisticci, anzi di una frazione. Io non l'avevo mai conosciuta, era morta poco prima che io e lui ci incontrassimo, e forse è proprio a causa sua che Enrico mi ha chiesta in moglie. Erano molto legati, è il minimo che si possa dire, e una volta mi raccontò di averle promesso sul letto di morte che si sarebbe sposato con una brava ragazza senza grilli per la testa. Il film che volle produrre per il mio ritorno sullo schermo fu in qualche modo un omaggio a lei, ai grandi sacrifici che aveva fatto e alla terra dalla quale veniva: la Basilicata. La sua terra, dottoressa. Sarebbe stato girato a Matera e dintorni, e trattava un argomento biblico: la vita di Maria di Nazareth.

L'ho sentita più di una volta, dottoressa, fare qualche battuta tagliente a proposito di questo genere di film e dell'abitudine che hanno molti turisti di comparare Matera a un presepe. Ho l'impressione che la irritino cose di cui tutti sono entusiasti. E il bello è che ha il coraggio di dirlo chiaro e tondo. Per questo l'ammiro. Io che non sono mai stata capace nemmeno di chiedermi cosa mi piaceva e cosa no, per non parlare di quello che volevo, a parte il maledetto divano color lavanda. Se fossi stata più fedele a me stessa, penso certe volte, o avessi saputo meglio chi sono, non ci sarebbero ancora oggi criminologi che ricostruiscono il delitto in uno studio televisivo, litigando fra di loro e scontrandosi davanti a un modello del giardino, opponendo calcoli sui tempi di percorrenza dei viali, e tirando fuori dal cappello dettagli inediti della mia vita, di quelli che mi stanno intorno e anche della sua, dottoressa. Comunque sia, è andata così: Enrico mi annunciò che avrei interpretato la Madonna. Si rende conto? Io che fino a quel momento avevo rivestito i panni di mogli, sorelle, segretarie, al massimo di qualche amante. Quando me ne parlò non ebbi la forza di oppormi. Mi trovavo in uno stato di tale abulia che avrei accettato qualsiasi cosa.

Devo però riconoscere che non aveva torto. Quando tutta la macchina si mise in moto, fui costretta a uscire da quella specie di prigione in cui mi ero rinchiusa negli ultimi sette anni. Mi costò fatica, è chiaro, ma lo feci soprattutto per mia figlia, ricordando lo sguardo che mi aveva lanciato quel giorno mentre giocava a acchiappa acchiappa con la figlia della cuoca.

Prima ancora di lasciarmi prendere per mano da costumisti, truccatori, parrucchieri, direttori della fotografia, assistenti e aiuti che mi avrebbero trasformata nel personaggio da interpretare – la santa vergine, appunto – incontrai il regista, un enfant terrible del cinema francese, la cui carriera in quel momento non versava in buone acque. Figlio di una coppia di artisti fuggiti dalla Palestina per ragioni politiche, Rani era cresciuto a Parigi, dove si era affermato giovanissimo: il suo primo film aveva fatto gridare alcuni critici al capolavoro, e diversi altri ne aveva scandalizzati. Aveva poi realizzato ancora un paio di lungometraggi, suscitando controversie e consensi, ma presto si era bruciato a causa di quello che si usa chiamare cattivo carattere. Un misto di intransigenza, manie di grandezza e dipendenza da alcol e droghe che spesso affligge i rappresentanti della settima arte. Risultava troppo ingovernabile per potergli affidare un budget di qualche rilievo, così da parecchio non faceva più niente, se non qualche lavoro a basso costo che circolava quasi solo nei festival. Era un giovane uomo dall'aria timida e lo sguardo penetrante, di una decina d'anni più giovane di me.

All'inizio mi osservava con diffidenza: rappresentavo per lui la condizione per tornare dietro la macchina da presa, dato che senza di me tutta l'operazione saltava. Benché il suo potere contrattuale fosse ormai ai minimi storici, aveva comunicato tramite l'agenzia che si riservava di conoscermi, prima di decidere se accettare o meno l'offerta di mio marito. Passammo così un paio d'ore a parlare del più e del meno, tenendoci d'occhio e soppesandoci a vicenda. Non so che tipo di donna si aspettasse di trovare, ma a giudicare da come cambiò pian piano atteggiamento dovette restare favorevolmente sorpreso. Un po' alla volta si rilassò. Ogni tanto sembrava persino colpito da qualche mia osservazione sulla sceneggiatura, e di lì a qualche giorno ci fece sapere che era felice di dirigere il film.

La storia era quella di Maria di Nazareth, come le dicevo, ma anche dell'attrice che la interpretava, un'italiana affiliata alla causa palestinese, che approfittava della copertura fornita dal film per preparare un attentato. Il personaggio era in continua evoluzione. A quanto lui stesso mi spiegò, si trattava di un suo particolare metodo di lavoro: raccogliendo l'eredità del neorealismo e della nouvelle vague, partiva da una sceneggiatura appena abbozzata, che veniva arricchita e trasformata durante il processo della realizzazione in base ai luoghi, agli interpreti e alle circostanze che si creavano. Presto ci trasferimmo tutti a Matera, dove avremmo seguito le ultime fasi della preparazione prima che iniziassero le riprese. Così si sono prodotte le premesse per il nostro incontro, dottoressa. Mi ha fatto piacere conoscerla, ci tenevo a dirglielo, per quanto assurdo possa sembrare. Perché è evidente, sarebbe stato meglio se non l'avessi mai incontrata, e tanti altri se che ora sarebbe lungo elencare.

Venivo per la prima volta nella sua città, quando arrivammo per i sopralluoghi insieme a mio marito e al regista, e ci sistemammo all'Hotel Gattini, nello slargo di fronte alla cattedrale. Era il tramonto, me lo ricordo bene. Dalla terrazza dell'hotel si godeva la vista dei Sassi, l'antico insediamento che tanto tempo prima era stato svuotato dai suoi abitanti e ora si adagiava sulle gobbe dell'altopiano seguendo una linea sinuosa, con le case e le grotte aggrappate alle sue pendici, una addosso all'altra, punteggiate dalle orbite vuote delle finestre e dalle imboccature cieche, scandite dalle scale, sbriciolandosi poi giù verso il torrente che scorreva in fondo a quella che chiamate Gravina, una larga fenditura rocciosa, quasi un sesso di donna. Non avevo mai visto niente di simile. La luce del tramonto si rifletteva sui muri e sui picchi che emergevano dalla vegetazione, avvolgendoli in un'aureola rosata e dolce, quasi carnale, in contrasto con l'asprezza delle gole dove si affacciava l'abitato. Mi aveva presa una strana emozione, una commozione quasi, al pensiero di tutta quella gente che aveva consumato la sua vita secolo dopo secolo nell'abbraccio della pietra, resistendo alla fame e alle intemperie, e poi era stata spostata nel giro di qualche mese nelle palazzine di mattoni e cemento dei rioni costruiti sul piano, come ci aveva spiegato l'autista, arrivando. Pensavo a quelle antiche abitazioni rimaste vuote per anni, trasformate adesso quasi tutte in hotel di lusso, e alla vita che un tempo ci scorreva dentro. Mi sentivo lacerata, devastata, e insieme, rispecchiandomi in quel paesaggio struggente, consolata e capita. Mio marito conosceva i miei silenzi e li aveva sempre rispettati, così si appartò col regista a discutere davanti a un gin tonic di qualche location da visitare l'indomani, lasciandomi alla mia contemplazione. Un dialogo muto si svolgeva fra me e l'antica capitale contadina: mi rivolgevo alla sua anima millenaria cercando di ritrovare la mia, ma erano entrambe perse, come scoprii di lì a poco. Quella sera andammo a cena in un ristorante, dove incrociammo una chiassosa compagnia di turisti che mi sottrassero allo strano fascino dei luoghi.

In seguito, quando tornammo a Matera per le riprese, ci stabilimmo in una grande abitazione che sovrastava i Sassi, riservata dal location manager a me e mio marito. Era fine maggio. La scuola si sarebbe conclusa di lì a breve, e anche Sofia, che frequentava la prima elementare, venne con noi. Prendemmo una ragazza del luogo per darle lezioni private qualche ora al giorno, in modo da non farle accumulare ritardo rispetto agli altri bambini della sua classe, e tenerla impegnata nel tempo che avrebbe trascorso lontano dai suoi amichetti e dai suoi piccoli impegni. Si unirono a noi anche Ayline e Miguel, la coppia di filippini che ci aiutava in casa, di cui non potevamo più privarci. Cucinavano, pulivano, riordinavano, si occupavano del giardino, dei nostri abiti, e anche di Sofia, all'occorrenza. Lei l'ha vista, la casa dove stavamo, dottoressa. Che poi, sarà giusto chiamarla casa? Un'intera porzione di collina circondata da un muro di tufo, che custodiva il giardino terrazzato dove cresceva il fico, l'olivo, il melograno. E poi le aiuole con le erbe selvatiche della murgia, dall'odore così intenso e penetrante. Il piccolo agrumeto affacciato sulla Gravina. Le pale di fichi d'india. Al centro c'era l'abitazione con i suoi porticati, le dépendance, le stanze una sull'altra. Sarebbe più corretto dire villa, palazzo? Io non avevo certo bisogno di tutto quello spazio, comunque Ayline e Miguel potettero disporre di un appartamentino tutto per loro, e una stanza fu riservata alla cuoca, un'energica signora del luogo esperta di cucina, che ingaggiammo per semplificare le cose. Anche il giardiniere aveva un suo locale dove cambiarsi e riporre gli attrezzi. La costruzione era talmente grande, e con i muri tanto spessi, che uno poteva benissimo ignorare cosa succedeva qualche stanza più in là.

I giornalisti poi, quando il caso deflagrò tingendosi di mistero, se ne uscirono con quella trovata di cattivo gusto di Viale del Tramonto, e del cadavere che galleggiava nella piscina. Lo scrisse uno, e gli altri gli andarono dietro, come fanno sempre, moltiplicando i particolari morbosi, veri o falsi che fossero. E giù a parlare di follie hollywoodiane, di Sodoma e Gomorra, dei miei rapporti extraconiugali veri o presunti e dei retroscena piccanti.

I colpevolisti, ormai parecchio più numerosi, riesumarono ogni intervista da me concessa in passato, travisando ogni singola parola e descrivendomi come un'arrivista che si era fatta strada seducendo e manipolando, disposta a qualsiasi cosa nel momento in cui la sua fama era in declino, una Norma Desmond che non voleva farsi sfuggire la sua ultima occasione.

Tutto questo ha poi avuto il suo peso sulle valutazioni dei giurati, è chiaro. A un certo punto si aprì persino un dibattito in certe trasmissioni televisive sul fatto che sapessi o meno recitare. Mandavano in onda spezzoni dei film che avevo interpretato, esaminandoli come se la cosa potesse influire sul verdetto finale, e quando si stabilì che non ero poi così negata, pur essendo una di quelle attrici che vengono imposte dal produttore, la cosa si ritorse contro di me: a loro insindacabile giudizio stavo interpretando un personaggio per ingannare il prossimo ancora una volta. Come sorprendersi? Una villa con piscina all'interno del centro abitato, servitù, abiti, gioielli, frequentazioni, il ben di dio, insomma, in mano a una che agli occhi dei più appariva come un'arrampicatrice sociale, un'approfittatrice. Di per sé una colpa sufficiente affinché l'uomo della strada mi condannasse senza sconti.

L'ha mai notato? Alla gente la storia di Cenerentola piace tanto, fa sognare, ma piace ancora di più quando una persona, specie se donna, ha conquistato agiatezza e potere e poi li perde in malo modo. Il successo fa simpatia per un tempo limitato, quello sufficiente a identificarsi, a fantasticare di poterlo raggiungere a propria volta e a disilludersi, per poi arrivare alla conclusione che ci deve essere qualcosa di marcio e sbagliato in chi ce l'ha fatta. L'ammirazione in uno schiocco di dita diventa esecrazione. Chi è stato esaltato, con gusto ancora maggiore viene demolito. Non so perché, dottoressa, credo di parlare di argomenti che la riguardano. È d'accordo con me? Qualcosa di simile è successo anche a lei? Non mi sorprenderebbe, a giudicare da piccole cose che ho notato. Come parla, come si muove, come veste. È evidente che come me viene dal popolo. A differenza sua, però, io non esibisco le mie origini. Mio marito, e non solo lui, sostengono che ho un'eleganza innata. Sa che le dico? Che l'ammiro e quasi la invidio per i colori chiassosi che ha il coraggio di indossare, per i suoi modi spicci, la sua capacità di non mandarle a dire. La mia, più che eleganza, è un impulso a sposare i gusti e le idee degli altri. A lasciarsi plasmare. A non farsi notare. Una gabbia, alla fine. Stavo morendo dentro, quando è successo l'irreparabile.

Il primo colpo di scena, sicuramente, c'è stato quando quel runner, uno del posto che era stato licenziato perché beveva, mentre lei lo interrogava ha detto di avermi vista che mi baciavo col regista. In seguito a quell'informazione lei, dottoressa, mi ha convocata in procura per la prima volta. Come persona informata sui fatti, certo, ma mi ha sottoposta a un vero e proprio interrogatorio, in presenza del suo maresciallo che verbalizzava. Devo dire che a differenza di come la dipingono, ha usato il massimo tatto. Ha premesso che non c'era giudizio morale nella sua ricerca della verità. Quello casomai spettava alla chiesa, se uno la frequentava.

Che a lei non importava che tradissi o meno mio marito. Voleva solo stabilire com'erano andate le cose. Ho notato, o magari era solo un'impressione, che il maresciallo sembrava molto interessato a quello che diceva. Curioso di sapere come la pensasse su certi argomenti. E a me viene una domanda. Non è che lei, per tanti aspetti così padrona di sé, così autentica, ha un tallone di Achille? Un punto sul quale non riesce ad andare fino in fondo? Glielo dico perché ormai posso anche rischiare di essere ridicola, o inopportuna. È da questa posizione che le parlo: tradire se stessi è un errore che si paga a caro prezzo. Mi guardi. E mi perdoni la presunzione. Le sto scrivendo nella speranza di poter essere utile a qualcuno. Quella verità intima, segreta, che non interessa alla legge, e nemmeno ai giornalisti, forse è destinata a lei. Come persona. Perché come sostituto procuratore, quello che doveva sapere l'ha scoperto senza bisogno che glielo dicessi io.

A questo punto forse vorrà sapere come mai ho negato, quando mi ha riportato le dichiarazioni del runner. Perché ho sostenuto che si era inventato tutto solo per vendicarsi di essere stato licenziato. La verità è che non lo so. Lei mi ha chiesto a bruciapelo se avessi una relazione col regista, e io d'istinto ho risposto di no. Se mi permette di esprimere un parere, voi inquirenti cercate una logica, nelle azioni, e a volte vi inceppate proprio quando quella logica non c'è. Lei è troppo intelligente, dottoressa, per non saperlo. Eppure anche lei, quella volta, si è trovata in difficoltà. Ne sono sicura. Mi osservava con discrezione, cercando di capire cosa avessi nella mente, quale disegno stessi seguendo. Chi ero, in definitiva. Ma quale disegno? Per quanto ho avuto modo di sperimentare finora, la vita è un succedersi di azioni senza senso, dettate dal caso e dagli impulsi del momento. Solo un detective mediocre o uno sceneggiatore di quelli saccenti, come tanti ne ho conosciuti, possono nutrire la velleità di mettere ordine, l'illusione che un senso ci sia per forza, e che loro lo troveranno. Il più grande di tutti non l'aveva detto, se lo ricorda, lei che ha una memoria di ferro? La vita è una favola raccontata da un idiota, piena di rumore e furore, che non significa nulla. Faceva così, o mi dimentico qualcosa?

Prima, certo, c'era stata la storia del quaderno di Sofia, e delle cosiddette rivelazioni della ragazza che le dava ripetizioni. Sul quaderno, non si sa come, i giornalisti sono riusciti a mettere le mani prima della procura, ed è allora che si è scatenato quel circo mediatico dal quale è stata travolta anche lei, dottoressa. In ogni parte d'Italia, dal Nord al Sud senza saltare le isole, chiunque si è sentito in diritto ma anche in dovere di mettere bocca su come si veste la dottoressa Tataranni di Matera. Si è ironizzato sui suoi abbinamenti, sulle sue pellicce sintetiche, le sue frange, i suoi pois. L'inflessione dialettale delle sue frasi forbite. I suoi modi spicci, che ignorano forse di proposito le buone maniere. Come se fossero altrettanti capi d'accusa. Come se una donna, in qualunque posizione si trovi, fosse sempre alla sbarra. E lei? Lei impassibile, sembrava che tutto le rimbalzasse. È stato allora che ho iniziato ad ammirarla, anche se non me ne sono nemmeno resa conto, là per là, in mezzo ai sentimenti sconvolgenti che provavo. A quel punto non ero ancora consapevole di niente, deve credermi. È stata lei la prima a capire, gliel'assicuro. Non io.

Ricordo il giorno in cui è passata sul set insieme a sua

figlia. Appena c'è stata la pausa ci ha tenuto a presentarmela, definendola una fan dell'attore che interpretava Gesù. Come a lasciar intendere che era quello il motivo per cui vi trovavate lì. Il direttore di produzione si è affrettato a farle fare un autografo. Sua figlia non sembrava interessata più di tanto, a dire la verità. Aveva il sorriso timido e gli occhi abbassati che hanno spesso gli adolescenti, come a nascondere chissà quale pensiero che agli adulti non è dato sapere. È andata comunque a prenderselo, l'autografo, e non è sembrata del tutto insensibile allo sguardo azzurro scintillante di Gaspar. Altre adolescenti si sarebbero strappate le vesti, al posto suo, ma quella ragazzina qualcosa della spavalderia, o dovrei dire del menefreghismo di sua madre, deve pur averla presa. Lei, dottoressa, mi è rimasta a fianco, in silenzio. L'avevo già notata prima, mentre interpretavo la scena della deposizione. La madre di dio che si dispera e grida per la morte del figlio. Ho incrociato il suo sguardo, nella piccola folla che seguiva le riprese, e ho capito in quel momento che sospettava di me. Figuriamoci, altrimenti, se sarebbe venuta sul set, in mezzo ai fanatici che bisognava tenere a bada. Sono rimasta gelata. Davvero lo stava pensando?, mi dicevo mentre il mondo si rivoltava a testa in giù. Era pazza? Visionaria? Come poteva arrivare a credere, una persona normale, che l'assassina fossi io, proprio io? Come poteva anche soltanto ritenermi capace di un'azione così mostruosa? E perché avrei dovuto farlo? Me lo chiedevo, annientata, mentre la vedevo avvicinarsi. Siamo rimaste in silenzio per un po', poi lei ha parlato per prima. Buttando lì qualche commento sul fatto che nonostante la terribile tragedia avevamo dovuto riprendere la lavorazione del film. Le ho mormorato come in trance che mancavano solo poche scene alla fine delle riprese, non si poteva mandare tutto all'aria. Troppi erano gli interessi in ballo, troppi gli investimenti da recuperare. Non mi reggevo quasi in piedi, ma the show must go on, no? A un certo punto mi ha fatto i complimenti per la mia interpretazione. Io non sapevo che rispondere, e presto anche lei si è imbarazzata: a pensarci, era fin troppo normale che riuscissi a rendere in maniera così realistica lo strazio della madre.

Non posso descriverle quello che ho provato quando ho visto Sofia, lì nella piscina. Galleggiava a faccia in giù nell'acqua, col pigiamino addosso, quello con gli ombrellini. Solo la parte di sopra. I pantaloni non ce li aveva.

Da quel momento in poi la mia memoria impazzisce. Come un film che qualcuno manda avanti a tutta velocità, mescolando scene e sequenze alla rinfusa. Prima di quell'istante si spalanca un grande buco nero, un vuoto privo di senso che inghiotte tutte le ore precedenti il ritrovamento. Ho dovuto ricostruire insieme a lei quello che era successo, e ancora adesso mi riaffiorano alla coscienza dettagli insignificanti, o importantissimi, come i pezzi di un relitto dopo un naufragio.

All'inizio, se ben ricorda, si era pensato a un incidente. Purtroppo sono cose che succedono, la cronaca ce l'ha raccontato già troppe volte. Infatti a Sofia era vietato andare da sola in piscina. Il suo primo sopralluogo, dottoressa, sembrava solo una formalità, nessuno si aspettava che avrebbe disposto l'autopsia. È stato proprio allora che ho iniziato a sentir mormorare dietro le sue spalle: la descrivevano come una persona intransigente, puntigliosa. Rompiscatole, in parole povere. Io ho cercato con tutte le mie forze di impedirglielo, non per farla franca, come sarebbe legittimo pensare, ma perché non volevo che alla mia bambina succedesse anche quella cosa orribile. Ma non c'è stato niente da fare. Poi invece l'autopsia le ha dato ragione. Non c'era acqua nei polmoni: Sofia non era morta annegata. Qualcuno l'aveva uccisa prima.

Adesso ricordo quei momenti come un sogno confuso, un incubo pieno di volti, parole e avvenimenti senza senso. Lo strazio di mio marito, e il mio. Il sonno che non veniva più. Le condoglianze, le lacrime, l'incredulità. L'avvicendarsi di sospetti e ipotesi di ogni genere, che trovavano nella stampa e nelle trasmissioni televisive una cassa di risonanza pronta ad amplificare qualsiasi particolare in grado di aumentare l'audience. Essendo la casa così grande, coi suoi due piani, il parco e la piscina, parecchie erano le cose che potevano essere successe senza che i presenti se ne rendessero conto. Ayline, la filippina, a un certo punto ha dichiarato di aver sentito un rumore nel parco, come di qualcuno che si stesse allontanando, ma di non aver visto nessuno, e aver pensato là per là che si trattasse di un gatto. Si era ricordata la cosa solo a distanza di alcuni giorni dalla tragedia, così ha detto. Il maresciallo dei carabinieri di zona, un tale Lamacchia, ha subito iniziato a indagare in quella direzione, convincendosi che si trovava di fronte a un tentativo di furto messo in piedi da qualche balordo, e che l'uccisione di Sofia ne fosse la tragica conseguenza. Io e Enrico gli abbiamo dato credito, sul momento, e ho maledetto il giorno in cui avevamo scelto di venire a stare in quella casa così grande e isolata. Ma poi si è prospettato un altro scenario. Se invece si fosse trattato di un omicidio premeditato, anzi pianificato con più o meno cura? Magari un attore che non aveva ottenuto la parte, o addirittura qualche comparsa? Il mondo del cinema, si sa, è pieno di gente squilibrata e narcisista, pronta a qualsiasi cosa. L'ipotesi è stata lanciata da una trasmissione tivù di quelle che vanno in onda nel pomeriggio, ed è subito apparsa credibile, anche perché, di retroscena, sono iniziati a emergerne a volontà. Qualcuno ha riferito di un bulletto locale che aveva minacciato mio marito per qualche intesa non andata a buon fine: a quanto ne so, spesso quando si gira un film si stringono accordi al limite della legalità, diciamo una sorta di tangente che si preferisce pagare per poter lavorare tranquilli. O almeno, è un'idea che mi sono fatta ascoltando qua e là qualche telefonata, oppure osservando certi movimenti sul set. Non me ne sono mai interessata più di tanto, a essere sincera. Questa pista comunque non ha portato a nulla, il tipo in questione aveva un alibi di ferro, e non sono emerse altre evidenze che potessero coinvolgerlo nella faccenda. Poi è stata la volta del runner di cui parlavo prima. Lui l'alibi non ce l'aveva. Quel pomeriggio, a quanto sosteneva, si era buttato sul letto ubriaco fradicio, e aveva dormito diverse ore senza che nessuno lo vedesse. Messo alle strette ha spiattellato quella cosa, di avermi vista tempo prima che mi baciavo con Rani. Ed è lì che lei è intervenuta. Ma intanto c'era stata la faccenda di Ayline e Miguel, la stavo saltando completamente, mi perdoni. Il fatto è che appena ci avviciniamo alla tragedia la mia confusione aumenta. Il tempo viene cancellato e gli avvenimenti si accavallano come le tessere di un domino che cadono e si ammucchiano una sopra all'altra.

Cerco di riprendere il filo. La dichiarazione di Ayline presto è stata interpretata come un tentativo di depistaggio. La cuoca ha dichiarato di aver visto Sofia che le rispondeva male, umiliandola, ed è stata avanzata l'ipotesi che Ayline, accennando al rumore in giardino, tentasse di far cadere i sospetti su un ipotetico estraneo. Poi sono esplose le rivelazioni della ragazza che dava ripetizioni a Sofia, e i sospetti si sono indirizzati verso il marito di Ayline, Miguel. Il nostro caro Miguel, sempre così premuroso e gentile, sempre pronto a darci una mano e a semplificarci la vita, giorno e notte. Sulla base di quanto diceva la ragazza, e di un disegno fatto da Sofia, è stato accusato di aver insidiato la mia bambina, di averla molestata e infine uccisa quando stava per essere scoperto. Questo, secondo un giornalista locale, era il segreto a cui si riferiva Sofia parlando con la ragazza. E le due figure disegnate sul quaderno, a suo avviso, erano Sofia e lo stesso Miguel, che si stavano baciando. Poi lei, dottoressa, ha invece capito che quella con la gonna ero io.

Le dico fra parentesi che la ragazza, Letizia, quella che dava ripetizioni a Sofia, deve aver avuto una tresca con mio marito. Non li ho mai sorpresi in flagrante, ci tengo a specificarlo, d'altronde non mi interessava nemmeno più di tanto, ma sono convinta di quello che dico. Intuito femminile, mettiamola così. Perché, altrimenti, ci avrebbe tenuto tanto a rilasciare quelle dichiarazioni e a mettersi in mostra? Quanto a mio marito, lui ama me, ne sono più che certa, ma questo non gli impedisce di prendersi delle distrazioni.

Adesso mi sembra di sentire la sua voce, dottoressa. Che mi richiama all'ordine chiedendomi di non svicolare, e di tornare ai fatti. Gli avvenimenti di quel giorno maledetto, insomma. Sì, sto facendo di tutto per evitarli, me ne accorgo anche da sola. Da quando sono arrivata a Castiglione delle Stiviere, ho avuto modo di tornare un po' alla volta su certi dettagli, collegarli ad altri, farli miei, fino a convincermi che si tratta davvero della mia vita, che davvero sono stata io ad agire in quel modo.

All'inizio di tutto c'è stata una certa direzione che Rani voleva dare alla storia. La protagonista, come le spiegavo, era un'attrice italiana che andava in Palestina per interpretare la Madonna. Lì, secondo la sceneggiatura, si accorgeva di essere incinta e decideva di abortire. Ma essendo in corso le riprese, non c'era tempo per tornare in Italia. Così iniziava a cercare un modo di interrompere la gravidanza. Fatto sta che in Palestina l'aborto è fuori legge, quindi non le restava che sottoporsi a un intervento clandestino, oppure andare in Israele. Il problema è che nell'interpretare le scene in cui il mio personaggio si apriva con la costumista, confidandole tutti i motivi per cui era così determinata a non volere quel figlio, Rani pretendeva che improvvisassi, che fossi io a trovare i motivi, i miei motivi, per sottrarmi alla maternità.

Come le ho spiegato, sono sempre stata una persona docile, pronta a adattarsi alle esigenze altrui, a capirne le motivazioni e a seguire le indicazioni che mi venivano date senza metterle in discussione, ma quella volta mi ribellai. Mi sembrava assurdo che una donna si sottraesse con tanta ostinazione all'idea di diventare madre, una possibilità che di sicuro non le si sarebbe più presentata, data la sua età. Fra me e il regista si creò una tensione che si ripercuoteva su tutto il set. L'atmosfera diventò pesante. Un giorno, coi nervi a pezzi, riuscii infine a fare quello che lui desiderava, e sollecitava con tanta tenacia. Lei ha visto il risultato, dottoressa, perché a un certo punto ha chiesto di visionare il materiale girato. Non so cosa ne pensa, ma a detta di molti è una scena toccante, intensa. Vera. Non per niente il film, il cui ultimo ciak, quello dell'attentato fallito, è stato battuto subito prima del mio arresto, ha poi vinto un premio così importante. Sono rimasta sconvolta. Ero io, quella che rifiutava la maternità. Ero io, che avevo estratto dalle profondità di me stessa una verità che fino ad allora avevo seppellito così profondamente. Sono crollata. E ad accogliermi c'era lui, Rani. La stessa persona che aveva suscitato quel terremoto. Mi ha abbracciata, e io mi sono lasciata andare. Come non avevo mai fatto in vita mia. Nemmeno con mia madre, quando ero neonata e mi allattava. A quanto ho saputo, era durata poco. Non mi attaccavo al seno, e alla fine hanno dovuto darmi il biberon.

La felicità, dottoressa, non c'è niente di più pericoloso. Ti può scoppiare dentro come una bomba atomica, e allora non si torna indietro. Se l'hai conosciuta, e poi l'hai persa, resterai per sempre un reduce. Io l'ho incontrata fra le braccia di Rani, ma non ero pronta. Non sapevo come maneggiarla, ecco. Per questo le sto scrivendo. Si prepari, lei che ancora può. La assaggi. La annusi. La gusti a piccoli morsichi, dove la trova. Se la trova.

È riuscita a incastrarmi, come ben sa, pochi giorni dopo quella volta che era venuta sul set. Ormai avevamo terminato le riprese, e stavamo preparando tutto per andar via. Mi ha convocata in procura, sembrava quasi che volesse salutarmi. Mi ha chiesto come stavo, poi senza aspettare la risposta, dopo avermi osservata con quel suo sguardo che sembra conoscere così bene gli esseri umani, mi ha messa di fronte a una serie di prove che, se non erano schiaccianti, sembravano comunque comporre un quadro dove mancava un solo dettaglio: la mia confessione. Io mi sono ingarbugliata, ho risposto contraddicendo quanto avevo affermato in precedenza, ma ho rifiutato fino all'ultimo di dichiararmi colpevole. Lei mi invitava a farlo, cercava di convincermi che era la cosa migliore, ma io non potevo, gliel'assicuro, ogni mia cellula si ribellava a quell'idea. Ho ammesso invece di avere una relazione con Rani, di amarlo anzi, cosa che fin lì avevo sempre negato. Lei a quel punto ha pronunciato la fatidica frase, ora non ricordo come dicesse esattamente, ma il senso è che dovevamo interrompere l'interrogatorio e avremmo ripreso in presenza del mio avvocato. Non ero più una persona informata sui fatti, come dite voi in gergo tecnico. Adesso ero indagata. Enrico, mio marito, non poteva crederci né tantomeno rassegnarsi. Ha inveito contro di lei, ripetendo che stava prendendo una terribile svista, che era un'incompetente, un'incapace, un'assatanata pronta a qualsiasi infamia pur di mantenere il suo potere. Se fosse stato possibile l'avrebbe denunciata, avrebbe chiesto di sostituirla, o chissà cos'altro, ma doveva sottostare anche lui alla legge che lei rappresenta. L'unica cosa che ha potuto fare coi suoi soldi è stata nominare i migliori avvocati sulla piazza. E dopo il primo verdetto non ha voluto arrendersi. La nuova linea della difesa era la mia incapacità di intendere e di volere. Ma io non chiedevo di essere difesa. Andare in carcere è stato un sollievo. E lei lo sapeva, dottoressa. Era come se mi leggesse dentro.

Da quando sono qui, al riparo da tutto e in primo luogo

da me stessa, mi torna un pezzetto alla volta di quel pomeriggio. Proprio stamattina, svegliandomi da un sogno, si è aggiunto l'ultimo frammento mancante, facendo quadrare tutto il resto. Quella mezz'ora che ha rovinato per sempre più di una vita è stata dissotterrata dalla mia memoria. Allora ho iniziato a scriverle, per renderle una confessione di cui ormai nessuno ha più bisogno, a parte me. E forse lei, dottoressa.

Quel giorno terminammo prima le riprese perché Gaspar, il nostro Gesù, non si sentiva bene. Mio marito era andato a Roma per risolvere alcune faccende con una banca. Io rientrai a casa insieme a Rani, che si offrì di accompagnarmi. Finalmente, avremmo potuto ritrovarci da soli, in un luogo appartato dove non sarebbero entrati sul più bello assistenti o delegati di produzione. Era la prima volta che mio marito non c'era. Lo sapevamo benissimo, io e Rani, anche se non ce l'eravamo detti. Quell'idea ci rendeva euforici, frizzanti. Parlavamo e ci scappava da ridere come a due ragazzini, con una leggerezza che non ho mai avuto. La sofferenza vissuta per anni rendeva ancora più smagliante la felicità di quegli attimi. Tutto mi appariva meraviglioso. Tutto sembrava avermi portata lì, a quello stato di pura gioia. Cosa ne sarebbe stato di noi, non me lo chiedevo. Mi abbandonavo alla perfezione dell'istante, come ormai avevo imparato a fare.

Era l'ora della siesta. Il sole picchiava, per strada non c'era nessuno. Siamo entrati dalla parte del giardino, con le mie chiavi. Avevamo appena oltrepassato il cancelletto che si apre nel muro di cinta quando abbiamo iniziato a stringerci e a baciarci, protetti dagli alberi e dai fitti cespugli a ridosso dell'ingresso. Non potevamo aspettare neanche un minuto in più. Avevamo aspettato tutta la vita, capisce? Era come dissetarsi a una fontana subito prima di morire di sete. Tuffarsi in un lago di acqua fresca mentre stai andando a fuoco. Rinascere. È stato in quel momento che l'ho vista. Sofia. La mia piccola Sofia. Ci stava guardando.

A mia figlia, le dicevo, era vietato andare in giardino da sola. Proprio per via della piscina. Sarà capitato anche a lei, senz'altro, di sentire la notizia di un bambino caduto accidentalmente in acqua dalla parte dove non si tocca, e annegato. Lo sa, ero una madre molto apprensiva. Sofia sapeva nuotare, cosa che lei ha subito appurato, infatti, arrivando per il sopralluogo. Ma non significava granché, ne sono convinta anche adesso. Basta un malore, una disattenzione, a far perdere piede, a bere dal naso, a riempirsi la bocca e i bronchi di cloro. Gliel'ho detto, quella volta. I bambini sono così fragili. L'ho implorata di non sottoporla all'autopsia, come ben sa. Questa mia richiesta, che hanno sentito in molti, a iniziare dal medico legale arrivato insieme ad altri a casa nostra, è stata giudicata in seguito uno dei miei tentativi di depistaggio. Non da lei, dottoressa.

La corte, quando si è riunita, ha poi stabilito una pena maggiore di quella da lei richiesta, e non appena concluso il processo a mio carico è iniziato quello dei media a lei. Sì, proprio a lei che a dispetto di tutto e di tutti aveva voluto indagare fino in fondo, a costo di farsi dei nemici, sul presunto incidente toccato alla figlia di un magnate del cinema. A lei, che in assenza di una confessione ha raccolto abbastanza elementi da poter provare la mia colpevolezza. Qualcuno ha insinuato che se poi si era ammorbidita, e si era discostata dalle ricostruzioni della tivù dove mi dipingevano come un genio del male, è che doveva averci trovato il suo tornaconto. Perché loro non si spiegano le cose in altri termini. A loro sembrava assurdo che io agissi come ho agito.

Per l'opinione pubblica, che ha poi influenzato la decisione finale della corte, mi ero sbarazzata di quella che sì era mia figlia, una figlia desiderata con tutta me stessa, ma era anche la testimone del mio adulterio. Un fatto che avrebbe stroncato la mia carriera proprio nel momento in cui mio marito la stava rilanciando. Hanno anche insinuato che il motivo per cui avevo voluto diventare madre a ogni costo era legare a me in maniera sempre più vincolante quell'uomo potente a cui dovevo tutto, prima che una rivale più giovane me lo portasse via. Come dimostrare che non era così?

La mia verità gliela consegno in questa lettera, se avrà ancora la pazienza di continuare a leggere. Come sono andate le cose, ora posso dirglielo. Mentre mi stringevo a Rani, quel pomeriggio, i miei occhi hanno incrociato quelli di Sofia, che mi guardava in silenzio, con i capelli tutti spettinati. Indossava solo la parte superiore del pigiamino con cui Aylina la metteva a letto per il riposino pomeridiano. Rani deve aver sentito che mi irrigidivo e si è accorto anche lui di quello che stava succedendo. Gli ho fatto segno di andarsene, e lui si è allontanato senza dire una parola. Così mi sono ritrovata sola con mia figlia. E con me stessa. Non potevo più tornare indietro.

Mamma, scapperai con lui?, mi ha chiesto Sofia, facendo naufragare anche l'ultima irrazionale speranza che potesse non avermi vista. Le ho mormorato le cose che si dicono in questi casi, certo che no tesoro, come ti viene in testa, lo stavo solo salutando, io resterò sempre con te e il papà. Ma

Sofia mi ha risposto che una volta era venuta sul set insieme a quella Letizia per farmi una sorpresa, e sottraendosi a ogni sorveglianza era stata lei a sorprendersi, trovandomi fra le braccia di Rani. Ma non l'aveva detto a nessuno. A quel punto l'ho abbracciata stretta stretta, assicurandole che non l'avrei mai lasciata. Mai. Mai. Mai. Le lacrime mi colavano sulle guance, tutt'a un tratto, e più le dicevo così più sentivo che Rani era la vita, l'unica vita che mi era stata concessa, e tutto il resto una trappola, dalla quale non avrei mai potuto fuggire. Stringevo la mia bambina, e non potevo smettere di stringerla, sempre più forte, e di ripeterle che non l'avrei mai lasciata. Mai. Mai. Mai. Quando sono tornata in me, Sofia era fra le mie braccia, dinoccolata e morbida come una bambola di stoffa. Non so quanto tempo era durato, l'abbraccio. La mia bambina aveva le labbra livide e non respirava più. L'ho adagiata nella piscina, col viso sull'acqua. Non potevo guardarla in faccia. Mi sono rifatta il trucco. Sono uscita di nuovo e sono andata all'altro ingresso. Ho suonato. Ayline mi è venuta ad aprire. Io sono entrata. E in quel momento ho dimenticato tutto.

Non ho altro da aggiungere, dottoressa. Spero che al più presto potrà lasciarsi alle spalle questa storia, perché non la rattristi, non la turbi, non getti un'ombra su cose che tutti giustamente pretendono essere cristalline. Si ricordi soltanto, quando la vita le fa una proposta, di coglierla al volo, di gustarla, di gioirne. Lei non è come me, non si preoccupi. Lei ha coraggio. Lo ha sempre avuto, ne sono sicura. Non abbia paura proprio adesso, e continui a essere se stessa. Questo ho voluto dirle. E ora, la prego, mi dimentichi.

GRAZIA VERASANI

Do ut des

I

Forse a farmi scegliere lei, proprio lei, è stata la prima volta che ho fissato gli occhi sulle sue labbra spaccate. Non era più una bocca, ma una strana poltiglia pendente viola cupo con croste rossastre ai bordi; quando la apriva si intravedeva una schiera di denti minuscoli, da bambina, leggermente storti.

Era minuta, biondastra, a braccia conserte, seduta a un tavolino del bar Kristal, e aspettava una spremuta d'arancia, che avrebbe sorbito di lì a poco con una cannuccia, guardandosi alle spalle, come se qualcuno la inseguisse; la osservai abbassare una palpebra arancione sulle unghie smangiucchiate: un occhio semichiuso e l'altro di un colore indefinito. No, non era una giovane donna che si era fatta male a causa di un qualche incidente domestico o ruzzolando per le scale; aveva l'aria esausta, disarmata, che hanno le vittime di uomini violenti di cui vedi le foto sui giornali, un attimo prima di essere ammazzate per strada, rassegnate a sottostare ai colpi di chi le usa come in un allenamento di kick boxing. La classica moglie che non riesce a smarcarsi da una relazione malsana, che ha un marito che beve e che scarica su di lei le proprie frustrazioni a suon di pugni e schiaffi, pensai. Una delle tante.

È così che ho cominciato a osservarla, studiarla, tallonarla. Nel giro di qualche giorno avevo individuato dove abitava, al piano terra di una dolente casetta dai muri grigi a poche centinaia di metri da casa di mia madre. Si erano trasferiti nel quartiere, lei e il marito, da tre mesi, una coppia di trentenni senza figli, lui un lavoratore precario, lei nulla. Pagavano un affitto modesto. Imparai queste cose ascoltando le voci delle solite ficcanaso, all'alimentari, al giardinetto, al mercato del giovedì. Lui un poco di buono, si capiva dalla faccia mal rasata, dallo sguardo chiuso e scuro di chi tiene il mondo alla larga, ma soprattutto dai ceffi con cui si accompagnava, gente che aveva la parola "delinquenza" scolpita sulla fronte e che lo attendeva in strada dentro lunghe macchine ammaccate.

Non era un quartiere per gente che ha soldi, il nostro. Ma nemmeno troppo malfamato. Una comunità proletaria di onesti lavoratori pieni di pregiudizi e di mutui mensili, di bambini grassi di cibo spazzatura, di donne dure e indaffarate, di cani bastardi salvati in extremis da un canile, quando andava bene.

Si chiamava Connie, o almeno lui, il marito, la chiamava così. E non sarebbe stata una gran bellezza nemmeno senza l'aspetto esile, denutrito, il marchio delle botte, o senza quello sguardo da buona con cui offriva in giro sorrisi stentati, rapidissimi, evitando di attirare l'attenzione su di sé. Usciva di casa di rado. Il viso mezzo coperto da un foulard sdrucito o una sciarpa in poliestere, le scarpe basse, un cappotto giallo di almeno due taglie più grande, dimessa ma pulita, ordinata, svelta a camminare come se la braccassero.

Connie.

Abbastanza anonima da confondersi in quel manipolo di palazzoni distratti, dove ognuno aveva le sue tirate sopravvivenze, salvo le volte in cui era chiaro che usciva a pezzi da una lite con lui, e i segni si vedevano, o comunque li vedevo io.

Abitavo con mia madre in un appartamento di settanta metri quadri al primo piano di una cadente palazzina; ero dovuta tornare al nido dopo avere perso l'ennesimo lavoro e perché mia madre, un'ottantatreenne in buona salute dal carattere impossibile, aveva bisogno di qualcuno che si occupasse della sua vecchiaia. Ero la figlia unica e indigente costretta, a cinquantasei anni, a usufruire di paghette adolescenziali. Sì, mia madre Ivana era assai tirchia, nonostante un discreto gruzzolo racimolato durante un'intera vita a stecchetto, anche prima che mio padre morisse di cancro al pancreas lasciandole una buona pensione. Non era povera, mia madre, ma non aspettatevi che fosse molto ricca, eppure si divertiva a millantare un cospicuo conto in banca frutto della sua esistenza frugale, e non voleva che io ne godessi: del resto, nemmeno lei ne approfittava. Non so se avete presente le mentalità rigide, legnose, di certe persone avarissime, pronte a grandi gesti lenti e magnanimi prima di scodellarti in mano una banconota da dieci euro, facendotela pesare come un dono del cielo di cui essere grati fino alla genuflessione: ecco, mia madre era così, innamorata dei soldi più di qualunque altra cosa, ma soprattutto felice di vederseli chiedere, di rifiutarteli o di centellinarli con perversa parsimonia. Ci provava un considerevole gusto a umiliarmi, a mortificarmi. E non era esente da leziosi rimbrotti, lunghissimi sospiri seccati ogni volta che cedeva. La odiavo. Da sempre. Un odio puro e nevrotico che mi faceva vivere la vita di traverso, come un boccone amaro in gola, perenne, una rabbia a metà tra il rigetto e la deflagrazione.

La sopportavo. Cambiavo i pannoloni della sua incontinenza con le narici intasate dal puzzo d'urina, lavavo e stiravo indumenti stinti e lenzuola sintetiche, facevo la spesa con un occhio attento agli sconti, alle promozioni, cucinavo i suoi pasti, misuravo la sua pressione, le somministravo medicine e rassettavo la casa. Cosa si può chiedere di più a una figlia? Mia madre non usciva quasi mai, se non reggendosi a un deambulatore arrugginito, il suo unico piacere era imbambolarsi davanti alla tv, sfogliare riviste di pettegolezzi, oltre a quello di provocarmi con un sadismo gioioso, perfido, costante, definendomi una donna sola, disperatamente sola, come se fosse un difetto capitale non avere un marito, dei figli, un lavoro sicuro e non i mille lavoretti in cui mi ero imbattuta, perdendoli uno dopo l'altro per colpa del mio pessimo carattere, così diceva, o della sfortuna di pesare più di cento chili.

Obesa. Ero obesa. Ma non era questa la ragione della mia solitudine. Di uomini ne avevo avuti abbastanza, in gioventù, da averne fatta una discreta indigestione. Non gradivo il loro sesso meccanico, bestiale, frettoloso, la loro stitichezza emotiva; avevo incrociato solo uomini infantili, aridi, avari come mia madre. Adesso, tornata per forza di cose all'ovile, pigra e impacciata nei movimenti al punto da uscire soltanto per le commissioni, mi appagavo leggendo una caterva di romanzi gialli comprati al mercatino dell'usato. Una vita inutile? Forse. Negli ultimi cinque anni mi ero detta che un giorno, alla morte di mia madre, avrei avuto il denaro sufficiente per togliermi qualche soddisfazione, una vacanza, un viaggio, una crociera, ma adesso era presto, troppo presto, mia madre stava bene, stava sempre bene, e forse, chissà, grazie al suo egoismo e alla sua cattiveria avrebbe persino potuto sopravvivermi.

Era sovrappeso anche lei, ma, al contrario di me, bassa di statura, molle, rilasciata, svenevole quando le conveniva. Sapeva blandirmi con pianti e sonni agitati, contenta di avermi a sua disposizione, «Ti mantengo io» ripeteva. Tutto le era permesso solo per il fatto che mi aveva messa al mondo: dovevo assisterla nell'età in cui un figlio è obbligato. Avrebbe soltanto desiderato che portassi a casa uno stipendio, che contribuissi alle spese, spese di cui tra l'altro non mi affidava mai il controllo. Era la banca a pagare le bollette, il condominio, e per il resto c'era un vecchio e fidato cugino di mio padre. Vivevo della sua elemosina.

Quando rientravo dal supermercato, lei si infilava gli occhiali quadrati dalla montatura di acciaio e li avvicinava allo scontrino rifacendo il conto a mente: dubitava di me, temeva che le rubassi il denaro, varie volte mi ha dato della ladra. I farmaci da acquistare dovevano essere generici, la carne invece pretendeva che fosse la più tenera, e la mangiava solo lei, al sangue, con un contorno di patate novelle o di lattuga. E alla fine della cena un paio di biscotti comuni, giusto per addolcire il palato e non alzare il livello del colesterolo. Mi chiedevo spesso perché era così parca anche con se stessa, perché indossasse sempre i soliti vestiti consumati, ma era chiaro che il denaro era la sua ossessione, una malattia, lo era diventata con gli anni, morbosamente, ed era serena solo al pensiero di averne abbastanza, accumulato con greve oculatezza, soffrendo se diminuiva, godendo quando arrivava la pensione di mio padre a pareggiare i conti. Non era solo taccagna, era anche sciatta, nella sua vestaglia nocciola dai bordi sfilacciati, e poco incline all'igiene personale. Sapeva alzare la voce così forte da far tremare i vetri, e lì, con gli occhi strabuzzati, l'espressione collerica, tornava a essere quella che mi riempiva di ceffoni quand'ero una bambina, al punto che le guance ancora mi bruciavano al ricordo. Se la prendeva con la gente della tv, con i commercianti, oltre che con me, eravamo tutti lì per fregarla, per non raccontargliela giusta, per fare i bastian contrari delle sue certezze. Lei aveva sempre ragione. Mai ammesso un torto in vita sua. Mia madre aveva la verità in tasca. C'erano giorni in cui mi punzecchiava per noia, per vedermi perdere la pazienza e zittirmi subito con la sua voce stridula, sputandomi addosso un *cicciona*, un *lavativa*, e spingendomi a mangiare di più per reazione, a mangiare troppo, in eccesso, quasi controvoglia, scontenta.

Ero in balia dei suoi ricatti affettivi, della sua prepotenza, incapace di oppormi al suo dominio, impossibilitata a raccogliere i miei quattro stracci per andare altrove, dove? Alle donne del vicinato si presentava umile, socievole, pronta a sfogare i suoi mille mali immaginari e a frignare sulla mia scarsa devozione filiale. Da certe occhiate sfinite che lanciava sembrava dire: «Vedete? Ho una figlia a carico, brutta, indolente, una buona a nulla». Mica sapevano che ero sottomessa a una quotidiana tirannia, alle infinite pretese di una vecchia scorbutica, al suo umore ballerino, alle sue grida, ai suoi piagnucolii.

La odiavo.

L'ho già detto.

Quello che non sapete ancora è che la volevo morta. Volevo con tutte le mie forze che crepasse, che si disintegrasse, che sparisse. Solo la morte poteva impedirle di tormentarmi. Solo se lei moriva, io potevo vivere.

2

Sfilavo davanti alle loro finestre, lui, il marito, faceva gli addominali sul tappeto con le mani dietro la testa. Se Connie gli passava vicino lui la attirava a sé e lei tentava debolmente di divincolarsi. C'erano volte che lo vedevo abbrancarla come una preda, riempirla di baci lunghi e strapazzanti. Certe sere, con la scusa di uscire a svuotare la spazzatura mi aggiravo intorno a casa loro e lo vedevo sbattere la porta, saltare i pochi gradini, salire sull'auto di un amico. Seminascosta dalla siepe di lauroceraso guardavo lei, accasciata su una poltroncina di vimini, con un grembiule macchiato sulle ginocchia, a testa china, pensosa, uno scricciolo di donna fiacca, ingabbiata, la vittima perfetta. A volte la vedevo mescolare a lungo lo zucchero in una grande tazza di caffè, soffiare sulla bevanda per raffreddarla, con le gambe strette come una scolara, credo si godesse quei momenti di pace, con lui fuori casa, o che pensasse e ripensasse al modo di sfuggirgli, di raccogliere anche lei i suoi quattro stracci e reinventarsi una vita da qualche altra parte. Mai avuto rispetto per le tizie che si ficcano in situazioni del genere; per quanto non ne sapessi granché dell'amore, intuivo che era un'altra cosa, non certo contare i lividi allo specchio, mascherarli con un po' di trucco, vivere sempre con le mani in alto come in un fermo della polizia. Cosa la teneva lì non era chiaro. Un tetto sulla testa? Un figlio in arrivo? La passione ingovernabile per un farabutto?

Sbirciavo i suoi crolli. Lei addossata a un mobile della cucina con le braccia magre incrociate sul petto, lei rannicchiata sotto una trapunta sul divano, lei seduta a tavola che spingeva di lato il piatto per una improvvisa inappetenza. Mentirei se dicessi che mi faceva pena. Per me era solo una ragazza dai sogni finiti in vacca, colpevole di inerzia, di rabbia repressa. Quello che ci univa, pensavo, era la stessa voglia di vedere col culo a terra i nostri carnefici. Mi sbagliavo. Ma è presto per dirlo, prima devo raccontarvi com'è andata.

Pioveva, il giorno in cui ci rivolgemmo la parola per la prima volta. Lei si era rintanata nel solito bar, si era seduta a un tavolo a mangiare una brioche, e io mi lasciai cadere su una sedia ansimando, nel tavolo accanto, con una busta della spesa ai miei piedi. La vedevo deglutire con forza, punta sul vivo dalle mie occhiate insistenti. Quel giorno aveva l'occhio destro rosso come un incendio e segni bluastri su uno zigomo. Una della mia stazza non era facile da dimenticare, di sicuro aveva una vaga idea di chi fossi e di dove abitassi. Le sorrisi. Ma presto piegai gli angoli della bocca con aria sconsolata. Volevo che sapesse che la compativo. Quando le posai una mano sul braccio non si tirò indietro, pur restando sulla difensiva. «Mi chiamo Rachele» le dissi, «e ci sono passata, ce l'ho avuto anch'io, una volta, un uomo che mi mancava di rispetto» mentii. Notai le lacrime tremolarle negli occhi chiari e umidi, e prontamente le diedi dei colpetti affettuosi su un ginocchio. «Lo so come ti senti» continuai, «sei arrabbiata.» Forse fu il mio tono smielato a farla annuire mentre rivolgeva uno sguardo annacquato alla pioggia che rigava la vetrata: acconsentiva piano alla mia pietà, come una bambina che si è persa e che non sa ancora se accettare o meno l'aiuto della prima venuta. «Tranquilla, siamo sulla stessa lunghezza d'onda» sussurrai rauca, «anch'io sto rimandando l'inevitabile. Sei giovane» sospirai, «ma ne hai già viste abbastanza, non credi?» Annuì di nuovo, spossata, sovraccarica. Poi con voce fioca disse: «Devo andare».

La guardai uscire dal bar ciondolando verso la porta come se fosse un po' brilla. Non feci niente per trattenerla.

La rividi in un altro bar, nell'ora dell'aperitivo, una settimana più tardi. Stanca e frustrata, con un bicchiere di vino bianco sul tavolo e una ciotola di olive trafitte dagli stuzzicadenti. «Ciao, come stai?» le dissi subito, con placida determinazione. Sul volto non aveva segni visibili di botte, almeno non recenti. Emise una risatina triste, le dita intrecciate sotto il mento. «Sei sicura che non ti serve un'amica?» le chiesi. Lei si soffiò il naso con un fazzoletto di carta e lo appallottolò nella mano, il suo pallore accentuato dalle luci fluorescenti del locale; sentivo che non era insensibile alla mia gentilezza materna. «Te la faccio breve» proseguii, «so che ti chiami Connie, a meno che non sia un soprannome, e so che hai un marito che ti maltratta. Non sono un'impicciona, in genere penso ai fatti miei e me ne frego degli altri, ho già le mie preoccupazioni, ma vedere una ragazza bella come te perdere i suoi anni migliori dietro a un tizio manesco mi fa rivoltare lo stomaco. Sì, ho un rigurgito di bile ogni volta che vedo un uomo picchiare una donna. Sarai abituata a gente che se ne fotte, che sposta gli occhi da un'altra parte, che tira avanti senza porsi il minimo problema, ma io mi immedesimo, e mi cresce la voglia di fare qualcosa.»

Mi allontanai per lasciarla qualche minuto a rimuginare, ordinai un bicchiere di vino al bancone e poi mi sedetti al suo tavolo.

«Quando l'ho conosciuto la prima cosa che notai furono le sue mani, grandi, nodose, da contadino.» Connie aveva una voce così bassa e flebile che la udivo a malapena. «Mi piaceva la sua rudezza, l'ho scambiata per solidità. Pensavo che con un uomo così non avrei mai avuto paura di niente.» La lasciai continuare senza interromperla, era mezza ubriaca ma composta. «Avrei dovuto capire subito che era un tipo difficile, pieno di lune storte, di contraddizioni, ma ancora non sapevo che aveva alle spalle una brutta situazione famigliare, insomma, gli ho trovato mille scuse fin da subito, che era solo un ragazzo sofferente, *costretto* a riversare il suo malumore su di me...» Si azzittì, lo sguardo perso in un ricordo.

«Lo ami?» le domandai. Fece un cenno d'assenso. Poi aprì la bocca come se volesse spiegarmi perché, ma la richiuse sospirando. Mi uscì fuori una risata ragliante, e le rivolsi un sorrisino scettico. «Quella di tuo marito è smania di potere, lo sai, vero?» Mi fissò interrogativa, sorseggiando il vino. «Lui balza su di te come un animale perché sei tu che glielo permetti, se no smetterebbe.»

Scosse la testa. «Ti sbagli. Ma è vero che mi controlla come se fossi roba sua.»

«Ti ha mai minacciata?»

«No, non c'è motivo. Non ho mai desiderato sul serio di lasciarlo...» Spalancai la bocca. «Possibile?»

Lei mi fissò derisoria. «Non sono ancora arrivata al punto di rottura, evidentemente.»

Drizzò la schiena e ostentò un'aria distaccata, ma per me era solo patetica. «Ha appena trovato lavoro in un'agenzia di traslochi, forse d'ora in avanti le cose andranno meglio...» Strinse le spalle davanti alla mia smorfia incredula, canzonatoria.

Quel tardo pomeriggio bevemmo ancora a lungo, un bicchiere di vino via l'altro. Io le dissi che ero ai ferri corti con mia madre, che vivere con lei era una tortura: le facevo da badante per guadagnarmi vitto e alloggio, avevo perso l'ultimo lavoro in una sartoria, ero brava a cucire ma meno ad andare d'accordo con le persone, e lei dopo un po' ammise, con rabbia alcolica, di odiare il marito, che non chiamò per nome, di disprezzarlo, di averne persino desiderato la morte. Non vi nascondo che provai una gioia sconfinata sentendo confessarglielo. Non avevo preso un abbaglio, quindi. Lei non era più solo una nuova amica, era in procinto di diventare la mia complice, la mia socia. Ero fiera di me, avevo avuto fiuto, avevo puntato gli occhi sulla persona giusta.

Quella sera il marito di Connie era fuori città, sarebbe rientrato a notte fonda, e mia madre si sarebbe infuriata per il mio ritardo ma pazienza, mi sarei inventata qualcosa. Avevamo ancora tempo, eravamo sbronze e a digiuno, e scivolavamo in confidenze che ci svuotavano e ci avvicinavano. Il bar era pieno di avventori, nessuno faceva caso a noi, a due donne che sbrogliavano insieme le matasse intricate di una vita, assolvendosi a vicenda.

«Connie, ho visto un vecchio film, una sera, su un canale digitale. E mi ha fatto scattare in mente un'idea, un'idea che giudicherai balzana ma che non mi ha più abbandonata. Ci penso giorno e notte. Da mesi. Ma prima d'ora non avevo nessuno con cui condividerla, ora invece sei spuntata fuori tu, Dio ti benedica.» Mi scoccò un'occhiata nervosa, guardinga. «È semplice. È molto semplice, Connie. Io e te dobbiamo smettere di soffocare la rabbia. Capisci?» Annuì e io la premiai con un sorriso subdolo, astuto. Era ora di fare sul serio. Di illustrarle il mio piano. Erano settimane che la pedinavo in cerca dell'occasione più propizia per vuotare il sacco, tentarla, averla dalla mia parte. Ero sicura di me. E di lei. Una donna battuta, al limite delle forze, è pronta a qualsiasi cosa.

«Basta un coltello da carne, Connie, uno stupido coltello. Una sera, mi apposterò in un angolo buio, e quando tuo marito rientrerà dal lavoro gli spingerò la lama dritto nel suo cuore malvagio. Tornerai a spiccare il volo, Connie, nessuno ti inchioderà più alla terra. Sarai libera, sarai una donna nuova. Nessuno sa che io e te ci conosciamo, nessuno ha fatto caso a noi, chi ci vede? Una donna che nasconde i suoi ematomi sotto una sciarpa, un'altra grassa ma in fondo indistinguibile da mille altre. Siamo donne comuni, donne su cui nessuno si sofferma, siamo invisibili. Tuo marito è un uomo che frequenta brutte compagnie, lo so, l'ho visto, chissà in quanti traffici loschi si è buttato a pesce, è un imbecille violento che tira a campare, uno che fa la voce grossa solo con te, un poveraccio, un delinquentello. Potrei ucciderlo e sfilargli di tasca il portafoglio, sembrerebbe lo scippo di qualche disperato. In un attimo ti alleggerirei di una zavorra, e saresti pronta a rifarti una vita con qualcun altro. È chiaro che da sola non ce la fai a schiodarti, a mollarlo, non ne hai il fegato, e se lo facessi lui potrebbe vendicarsi, premere le mani sul tuo collo e stringere fino ad asfissiarti. Non è di quelli che accettano di perdere una donna, si capisce. E la polizia in questi casi non fa niente, lo sai bene, se no lo avresti già denunciato.» Adesso c'erano chiazze rosse sulla sua pelle bianchissima, e si vedeva che tratteneva il fiato. Ero abbastanza certa di averla convinta.

«Mettiamo fine a tutto questo schifo, sei d'accordo? È giunta l'ora del riscatto, ci meritiamo un bel risarcimento. Estirpiamo le erbacce, seminiamo di nuovo, tu sei giovane e io non sono ancora vecchia.» Curvai la bocca in un sorriso sghembo, pazzoide. «Stringiamo un patto.»

Mosse la testa, negando debolmente. Forse l'avevo spaventata, ma immaginai che in fondo provasse gusto a quel senso di cospirazione. «Io e te non ci conosciamo, Connie, ma da due mesi osservo la tua grazia devastata e penso che è un peccato, un vero peccato. Il nostro sarà solo un piccolo scambio di favori.»

Una vena le pulsava sulla fronte, aveva le mani penzoloni tra le ginocchia ossute. «Cosa vuoi da me?» mi chiese con un filo di voce.

La guardai elettrizzata. «È semplice, la stessa cosa. Che fai fuori mia madre.»

3

Da quella sera Connie mi evitò. Ugualmente, quando la incrociavo e mai per caso (seguivo le sue mosse con determinazione) intravedevo nel suo sguardo esitante, intimorito, la tentazione di approvare il mio progetto omicida, come una voglia latente, selvaggia, indicibile. Sì, doveva essere in bilico, incerta ma impaziente, come me, di infrangere un tabù. Alzava gli occhi sulle strisce color porpora del cielo, sostava nel piccolo giardino recintato davanti a casa, sotto un velo di pioggia, voltandosi per vedere se ero nei paraggi. Pensavo che la mia presenza in fondo la rassicurasse, le lasciasse un margine di scelta, la possibilità di cambiare il suo destino.

Un pomeriggio, per strada, la presi sottobraccio e lei si irrigidì, recalcitrava, non le diedi tregua, continuai a sussurrarle all'orecchio il mio piano, a ripeterle che era la cosa migliore per entrambe, che non doveva temere, che insieme avremmo fatto giustizia.

Intanto, mia madre continuava a vessarmi, a chiedermi perché uscivo tanto spesso, diceva che avevo negli occhi uno strano brillio: intuiva che tramassi qualcosa. L'umidità di quei giorni le si infilava nelle ossa e si lagnava, le sue litanie erano incessanti, così come le critiche alla mia pessima cucina, alla polvere sui mobili, al mio ozio e alla mia trasandatezza, per altro identica alla sua. Anche per Connie le cose proseguivano uguali, quella pioggia di capelli biondo scuro serviva solo in parte a nascondere i gonfiori, le ecchimosi, il fallimento della sua vita matrimoniale.

Certe sere vedevo il marito uscire e lo squadravo sprezzante, lui e i suoi atteggiamenti da macho, i capelli ricci, l'andatura spaccona con cui raggiungeva la fine della strada, il bar Kristal, o l'incrocio dove l'auto vistosa di un amico lo attendeva per qualche scorribanda notturna.

Perché la gente si sposava?, mi chiedevo. Per sentirsi meno sola? Per avere qualcuno su cui scaricare le proprie frustrazioni, la certezza di meritare molto di più dalla vita? Non avevo sufficiente esperienza, ma di manipolatori e narcisisti, in gioventù, ne avevo incontrati anch'io, eppure non odiavo gli uomini, li consideravo degli inetti, dei deboli, anche quando la loro arroganza era fisica, minacciosa.

Dal penultimo lavoro come stiratrice in una lavanderia avevo guadagnato un piccolo gruzzolo che tenevo in un cassetto, nascosto da calze e mutande, ma cercavo di non usufruirne, se non per l'acquisto di qualche libro giallo da pochi euro. Non avevo sfizi da togliermi. La mia vita era un peso di cui non potevo liberarmi se non cancellando dalla faccia della Terra mia madre, quella donna all'apparenza fragile ma indomita, martellante, dispotica. O ero io a detestarla al punto da non vederne altro che i difetti?

La verità è che non avevo mai vissuto un solo giorno senza odiare qualcuno. Che si trattasse di vecchie conoscenze, o di persone con cui interagivo nell'ambiente lavorativo, o degli inquilini del condominio fatiscente dove avevo abitato per anni, prima di considerarmi battuta, di fare fagotto e adattarmi all'ospitalità di mia madre, al suo rancore indiscriminato che aveva fatto di me il suo bersaglio, e di lei il mio. Come possono convivere persone così arrabbiate l'una con l'altra e in generale? Nelle famiglie tutto è possibile. Ed è sempre della povertà l'ultima parola.

Non potevo scappare. Non ne avevo i mezzi. Ma vedere un film in bianco e nero, una notte, con mia madre addormentata accanto, aveva dato la stura a pensieri galvanizzanti, forse folli, di vendetta, no, non era questo, era il bisogno di rimettere in riga la mia insulsa esistenza, di liberarmi di tutto quel livore, quella agitazione: la vita era in credito con me, e mia madre mi aveva messa al mondo solo per usarmi.

Comprai un pacchetto di sigarette in una macchinetta, di una marca a caso. Non avevo mai fumato, solo l'alcol, in passato, era servito a calmarmi un po' i nervi, oltre ai dolciumi naturalmente. Non avevo vizi. Quella sera, come altri venerdì sera, Connie uscì di casa verso le otto per andare nella villetta a fianco a fare da baby-sitter al bambino della vicina. Forse lui le permetteva di svolgere quel lavoretto per incrementare, anche se di poco, le loro scarse economie. Pioveva, e il buio era quasi assoluto, nonostante il bagliore ovattato dei lampioni, e i radi fanali di auto e furgoni di passaggio.

Lo vidi camminare con lentezza sotto la pioggia scrosciante, come se non avesse appuntamenti precisi, con il cappuccio di un bomber blu scuro sulla testa e il passo strascicato di chi ha alzato il gomito. Fu più facile di quanto pensiate. «Mi scusi, ha da accendere?» Si palpò il giubbotto, poi tirò giù la cerniera: teneva un accendino nella tasca della camicia di flanella. «Certo», e il tono era gentile, educato. Feci qualche passo all'interno di un cortiletto deserto, come a pregarlo di passarmi l'accendino in un punto più riparato. Mi seguì, come in una danza, col braccio alzato, il piccolo oggetto stretto nel pugno. Non ricordo granché della dinamica, che fu velocissima, solo che miravo al centro del torace sotto la sua camicia a quadretti, e che il mio gesto fu maldestro ma deciso, tentennai solo un breve istante, giusto il tempo di scorgere il lampo d'allarme nei suoi occhi alla vista del coltello. Sentii un fiotto di sangue caldo sul viso, mentre lui si accasciava su un muretto, col bomber spalancato, il petto insanguinato, come un Cristo che aspetta il colpo successivo.

Non volevo lasciarlo lì, semimorto, magari a spirare dissanguato, così affondai la lama un'altra volta, dopo averla estratta con un rumore di struscio, di ventosa. Gocce di pioggia grosse come bolle di sapone gli cadevano dentro gli occhi vitrei, mentre rantolava fino a non emettere più alcun suono, rovinando a terra, impotente, sorpreso. Ne godetti? Non so. Non avevo pensieri. Non provavo niente. Ricordo che gli diedi qualche calcetto, che attesi, ingobbita su di lui, con la faccia grondante, che il suo corpo esaurisse gli ultimi spasmi. Lo presi per i piedi e lo sistemai sotto un cespuglio alto, nel cortile deserto di un palazzo con poche luci accese: tenevo gli occhi incollati alla strada, fui fortunata, non passò nessuno. Sotto il cappotto avevo un rotolo di carta asciugante, mi pulii le mani e il viso e misi tutto in tasca, poi mi avviai verso casa incurvando le spalle per difendermi dal diluvio. Non provavo nessun rimorso. Era una sera di maltempo, di precoce gelo autunnale, e avevo ucciso un uomo. Quell'angolo di quartiere era già semiaddormentato, o comunque chiuso tra quattro pareti, davanti a televisori, nessun passante che si fosse avventurato fuori, a portare un cane a fare i bisogni o per altre ragioni. Ero una sagoma scura e torva, voluminosa ma rarefatta, affrettai il passo nell'oscurità liquida di quel breve tragitto.

Giunta a casa, lavai il coltello con cura e lo ficcai nel cassetto della credenza insieme agli altri, poi mi sedetti al tavolo della cucina, al buio, a testa china, le braccia abbandonate. Ero stanchissima.

Quando sentii un tramestio in corridoio sapevo che si trattava di mia madre, sveglia nonostante i sonniferi: mi chiese perché non ero a letto, e io, in tutta risposta, mi versai del traminer in un bicchiere, bofonchiando che non avevo sonno. Nella penombra notai i suoi capelli grigi e radi pettinati all'indietro, forse bagnati di sudore, e la sua camicia da notte lisa dai troppi lavaggi. La pioggia picchiettava contro la finestra, si udiva l'abbaiare lontano di un cane, mia madre fece dietrofront e tornò in camera sua.

Fu una lunga notte. Non mi mossi da quella posizione, pietrificata sulla sedia, a ingollare vino tiepido come piscio. Alle tre del mattino il silenzio fu rotto dal passaggio di alcune macchine in strada, ero sicura che si trattasse di volanti della polizia. (Rividi mentalmente alcuni dettagli, un anellino di ferro al sopracciglio, un tatuaggio al polso, era morto? Era davvero morto?)

Mi alzai, accesi una sigaretta col fuoco del fornello, inspirai il fumo fino in fondo ai polmoni e tossicchiai, poi la spensi sotto il getto d'acqua del rubinetto, indossai di nuovo il cappotto e uscii, la pioggia era cessata.

Le luci nella villetta di Connie erano accese, aggirai le due auto della polizia e mi avvicinai con cautela alla finestra: la vidi appoggiata allo stipite della porta del salotto, ascoltava i due agenti in divisa, in piedi, al centro della stanza. Il suo equilibrio minato dalla notizia. Scorsi le immagini lampeggianti di un televisore acceso inserito in una libreria vuota, laccata di bianco. Lei si passava nervosamente una mano tra i capelli lisci e aggrovigliati ma non piangeva, ascoltava e annuiva. Mi sembrava un film di cui ero l'unica spettatrice. Di colpo, la situazione mi apparve farsesca e feci fatica a trattenere una risata. Poi lei disse qualcosa, poche parole, declinando l'invito di un agente a sedersi su un divano in similpelle. L'altro, un uomo corpulento dal cranio lucido e rasato, uscì dalla cucina con un bicchiere d'acqua e glielo porse, ma lei rifiutò con un sorriso tirato. Si morse le labbra e fissò la finestra, intercettando il mio sguardo.

Fu lì che la vidi aprire la bocca in una "o" di stupore, sbiancando, rabbrividendo, parando come poteva l'attacco della mia presenza, oltre alla loquacità della mia occhiataccia. Non parlare, Connie, le stavo dicendo.

Staccò gli occhi da me, serrandoli forte, poi rivolse uno sguardo assente ai due poliziotti. Brava, pensai, mantieni la calma. Mi persi a guardare i rampicanti abbarbicati ai muri della casa; non provavo nessuna paura, non temevo che mi denunciasse, anzi, ero quasi certa che in cuor suo mi stesse ringraziando. Forse non sapeva che pesci pigliare, se spiattellare tutta quanta la storia, sperare di essere creduta, o tergiversare, prendersi del tempo. Ma no, era solo scioccata, chi non lo sarebbe stato? Ed era di sicuro felice di quella fresca vedovanza. Non poteva essere altrimenti.

Mi allontanai da lì un attimo prima che uscisse scortata dai due agenti, sulla strada scivolosa, con la sua piccola faccia inespressiva, il solito largo cappotto giallo, sotto la luce itterica del neon della veranda dei vicini. Nascosta dietro il muro di una casa, la osservai salire su una delle due volanti. Forse la stavano accompagnando a identificare il cadavere. Girai i tacchi, esposta a un vento freddo che mi rianimò da un breve cedimento, mi rimisi subito dritta, a testa alta, l'addome gonfio che straripava dall'elastico della gonna, ma ero chiusa nella mia corazza d'orgoglio, appagata, il fine giustifica i mezzi, pensai, spinsi in fuori le labbra e sospirai di piacere. Era una bellissima alba.

4

Quelli che seguirono furono giorni instabili, d'attesa ansiosa, ma i miei nervi resistevano caparbiamente alla tensione, fingevo che tutto andasse bene anche se mi prudeva addosso il pizzicore di una vaga trepidazione.

Fu un'amica di mia madre, Annetta, campionessa di voci riportate, a darci l'informazione una mattina di sole emaciato e freddo sopportabile. «Ivana, vecchia mia» le disse entrando, «hanno trovato morto il marito di una donna proprio a due passi da qui. Ucciso a coltellate. Pare fosse un poco di buono. Non avete letto "La Gazzetta"?»

Non compravo giornali, scossi la testa e mia madre sciorinò qualche luogo comune sui tempi difficili, su un mondo alla malora e sui ceffi poco raccomandabili che incrociava in quartiere le poche volte che allungava il naso fuori di casa. Nel salottino, accomodate su poltrone imbottite, un abat-jour di seta plissettata acceso in pieno giorno, se ne stavano lì a conversare mentre io servivo loro il caffè nelle uniche tazzine superstiti di un servizio buono. A un certo punto mia madre criticò il mio respiro affannoso, paragonandomi a un elefante con l'enfisema, e Annetta ridacchiò. Il peso impacciava i miei movimenti e sudavo; la stanza, non solo l'intera casa, era surriscaldata, mia madre non tollerava il minimo spiffero, e un odore di chiuso, di vecchiaia, mi occludeva le narici. Guardavo dalla finestra la vita che procedeva senza particolari cambiamenti. Avevo di nuovo dei sogni. Una casetta vista mare, in un luogo sperduto, un bel silenzio in cui avvolgermi a leggere i miei amati libri gialli, cullata dal rumore delle onde e delle risacche. Sola. Sola e rintanata. A rimpinzarmi di cabaret di paste alla crema, o di salami da tagliare fini fini, nessuna incombenza, nessuna scocciatura.

Avevo una sensazione di pancia, sentivo che Connie, pur reggendomi il gioco, mi evitava, e questo mi indisponeva. In casa sua le finestre erano ben serrate e lei non usciva da giorni. Immaginavo i suoi rovelli, le sue titubanze, ma ero sicura che prima di puntare il dito su di me ci avrebbe pensato molte volte. Forse, che io fossi passata ai fatti, che avessi reso reale una fantasia, l'aveva imbevuta di un sinistro terrore e aspettava la mia mossa successiva. O stava solo elaborando in solitudine il suo lutto? Possibile che quel manigoldo di marito le mancasse? Che non fosse contenta di essere evasa da quella prigionia?

Nel panificio sentii alcune donne parlare dell'omicidio. Scrollavano le spalle su un quartiere moralmente decaduto, sulle famiglie straniere che vi si erano installate, sui ragazzini che spacciavano droga già a dieci anni, sulle adolescenti seminude che erano esche per uomini dabbene, altro che droga dello stupro, tutto andava a catafascio, e nemmeno la Chiesa serviva ad ammonire, la miseria poi ti spingeva a oltrepassare il limite. Insomma, non c'era da stupirsi se quell'uomo era stato ammazzato come un cane, in una sera di pioggia, vicino a casa sua, non era certo uno stinco di santo, e poveraccia quella moglie gracile che camminava sempre a testa bassa, così debole, sprovveduta, senza amici, senza carattere, chissà cosa ne sarebbe stato di lei adesso che era rimasta sola. Ché un uomo, brutale finché vuoi, in una casa serve sempre. Se no dove li trovi i soldi per far studiare i figli, per mandare avanti il trantran? Fortunate quelle che ce li avevano tonti, i mariti, smidollati, che almeno non ti mollavano sberle, ma un uomo in una famiglia (tutte erano d'accordo) non può mai mancare, se no ti ritrovi preda di qualche scostumato di passaggio, che ti frega i pochi soldi che hai e se li beve al bar con gli amici senza nemmeno infilarti una fede al dito...

Un tardo pomeriggio la rincorsi, si bloccò sulla via e mi rivolse uno sguardo grave, deciso; avevo il fiato grosso e le intimai di seguirmi nel giardinetto pubblico, di sedersi sulla prima panchina, di ascoltare cosa avevo da dirle. Eseguì il mio ordine con un sorriso mite, accondiscendente, le pupille dilatate da una specie di rabbia trattenuta, ma si sedette sul bordo della panchina, con le braccia conserte, e si distrasse a osservare un barboncino nano che rincorreva una palla. Mi lasciai andare di peso vicino a lei, ci separava solo la mia borsa di pelle marrone da cui spuntavano sedani e gambi di carciofi. Aveva innalzato una barriera a qualsiasi intimità tra noi, si comportava come se fossi un'estranea. Peggio per lei. Parlai con tono lento, pacato, volevo condividere quell'emozione, quel cameratismo, mi illudevo ancora che vi partecipasse, che provasse gratitudine per il mio gesto.

Niente. La sua espressione era dura, accusatoria. Difficile capire cosa le passasse realmente per la testa... Avvertivo il suo odio, un odio incomprensibile, una schifiltosa riluttanza a tollerarmi, come se fossi una specie di demonio, ma allo stesso tempo mi sembrava in bilico, confusa, con una voglia inconfessabile di togliersi la maschera, di rivelarmi il sollievo di non essere più alla mercé di un uomo che detestava. Incrociò le mani sulle ginocchia, altezzosa, rancorosa, rigirandosi la sottile fede d'argento che aveva all'anulare.

«Sono stata io» dichiarai con un certo vanto, «ho fatto la mia parte come convenuto. Puoi essere indignata quanto vuoi ma io e te la verità la conosciamo, ti ho liberata di un grosso fardello, da giorni hai la faccia liscia di un neonato. Ora puoi considerarlo una piaga antica, risolta, lui non è più un problema. Se lo amavi, la tua era solo una brutta infezione da cui sei guarita grazie a me. Se invece, come credo, ti senti risarcita, vendicata, portami il dovuto rispetto.»

Si girò verso di me con un sorrisino di scherno. «Non era un uomo buono ma era il mio» disse con voce strascicata. «Era il mio mondo, l'unico che conoscessi, andava come andava, e tu l'hai fatto a pezzi. Non me n'è mai importato niente di essere giudicata o compatita. Tu sei solo una pazza, una pazza furiosa e omicida, ti denuncerò a chi di dovere, sto solo raccogliendo le forze per raccontare l'incubo in cui mi hai costretta a precipitare.»

Mi uscì una risata sgangherata e mi battei una mano sulla fronte. «Oh, la pazza sei tu» ragliai, «se pensi di non dovermi niente. Ci sei dentro fino al collo in questa *disavventura*. Povera Connie, hai il tuo piccolo alibi, mentre ficcavo la lama nel petto del tuo ganzo eri lì a smerdare il marmocchio di un'altra, ma ci ho pensato bene, ho pensato a tutto. Ho cinquemila euro da parte, ed è esattamente la somma che tu mi hai elargito per fare fuori quell'avanzo di galera di tuo marito. Se denunci me, denunci te stessa. Dirò che mi facevi pena, che mi hai implorato di aiutarti, che ero stanca di incontrarti in giro mezza morta, massacrata, che dovevo agire, che mi hai pagata. Ci metteranno in gabbia insieme e mi avrai di fronte giorno dopo giorno, io, la tua salvatrice, e tu, l'ingrata che l'ha sbugiardata, ma per la gente sarai altrettanto colpevole, la mandante, e io la tua grassa sicaria. Ne vale la pena?» Ci passò accanto un vecchio mal vestito che si reggeva a un bastone, sentii l'odore acre di acqua di colonia a buon mercato. Lei sembrava pervasa da una calma improvvisa, come se si beasse del ruolo di agnello sacrificale. Ma era chiaro che avevo toccato un nervo scoperto, che l'avevo presa in contropiede con la malizia studiata del mio ricatto. Giocavo sporco, certo, e niente è più banale del cinismo. Ma ancora non era la mia vita, il punto. Non mi importava di finirla lì, o nella cella di un carcere. Era importante che lei mi fosse amica, la mia sodale, la mia alleata, che ammettesse il grande favore che le avevo fatto, con le buone o con le cattive. «Pensaci su» le dissi. «Ma ricordati che sei in debito con me», e calcai sulle ultime parole.

Represse uno scatto di rabbia e alzò gli occhi su un banco di nuvole, abbandonandosi contro lo schienale di ferro della panchina. Inerte. Svuotata. Mi godevo il piacere di vederla arrendersi davanti alla mia sfrontatezza. Sapeva che non le avrei dato pace. Che c'era un altro tassello che doveva essere sistemato prima di diventare, io e lei, una cosa sola.

Emise un lungo sospiro, sembrava emotivamente esausta. Ma con un piccolo slancio regale si alzò dalla panchina annuendo e si incamminò nel vialetto verso l'uscita: i suoi stivaletti col tacco sfrigolavano sulla ghiaia.

5

La persecuzione quotidiana di mia madre, le sue mille pretese, i suoi insulti al mio peso mascherati da un infido affetto («Lo dico per la tua salute!» diceva) non mi facevano più né caldo né freddo. In quei giorni alzavo le spalle, eseguivo le solite mansioni meccanicamente, e ingoiavo digestivi ogni volta che il cibo mi pesava sullo stomaco causandomi un fastidioso reflusso gastrico. Avevo ucciso un uomo e camminavo per strada come se il mondo mi avesse in soggezione, ero fiera di me, avevo avuto coraggio, anche se ricordavo di avere agito senza particolari emozioni, se non quella di immaginare che al posto di quell'uomo ci fosse lei, mia madre, una vecchia impossibile che si accaniva a vivere come in un delirio di immortalità, reclamando il tempo, altro tempo, un tempo infinito, come se le spettasse di diritto. Lo giuro, mai visto nessuno aggrapparsi così tenacemente all'esistenza, per quanto triste o inutile fosse, mangiare, defecare, guardare orrendi programmi alla tv, dormire, che razza di piacere ci trovava? Eppure si sbafava la sua carne di cavallo e ruttava con gusto, si versava il vino che, diceva, fa buon sangue, si buttava a peso morto sul letto e chiudeva gli occhi in una provvisoria dipartita, e quando tornava vigile, insolente, c'ero io da maltrattare con piccole angherie, giusto per sfogarsi un po', per ribadire la sua supremazia, il coltello dalla parte del manico. Avevo ucciso un uomo e avrei avuto in cambio la morte di mia madre. Il tempo delle mortificazioni stava per finire. Connie era la mia salvezza, così come io ero la sua. *Do ut des*, dicono i latini.

Avevo pianificato tutto nei dettagli.

Sarei uscita di casa lasciando la porta socchiusa, Connie non doveva fare altro che entrare, raggiungere mia madre, supina, addormentata, in camera da letto, colpirla a tradimento con il bastone da passeggio dentro il portaombrelli dell'ingresso, e quella minuscola testa sarebbe scoppiata come un palloncino, due, tre, quattro volte, con forza, senza tentennare. Poi se ne sarebbe semplicemente andata, e al resto avrei pensato io. Avrei inferto altri colpi, se fosse stato necessario, se dalla bocca di mia madre fosse uscito un gemito, se fosse stata ancora viva, e a lavoro finito avrei messo a soqquadro tutta la casa, gettato a terra oggetti, spaccandoli, avrei spalancato armadi e cassetti, disseminato i pavimenti di vestiti, mi sarei messa in tasca i suoi miseri gioielli, avrei inscenato una rapina e telefonato in lacrime alla polizia. Zingari. C'era sempre una moltitudine di zingari ad aggirarsi tra le case del quartiere. Connie doveva solo stare attenta a che nessuno la vedesse, doveva coprirsi con una delle sue sciarpe, imbucarsi in casa di mia madre rendendosi invisibile, non c'era mai gente in giro, la sera, non con quel tempo beffardo di pioggia intermittente e oscurità quasi totale. Alle otto di sera la gente mangiava in cucina, col sottofondo di un telegiornale. Le avrei lasciato mezz'ora per agire, mentre andavo da Annetta a portarle una torta fatta con le mie mani nel giorno del suo compleanno, il 24 novembre, avrei dovuto preparare la cena come al solito alle sette, aggiungere il sonnifero nel brodo, aiutare mia madre a stendersi sul letto. Era tutto perfetto. Nessuno sarebbe potuto risalire a Connie. Nessuno sapeva che ci conoscevamo, se non distrattamente, per averci visto scambiare due parole al bar, no, anche quello non era un problema. Mezz'ora, forse un'ora, e ci sarebbe stato il lieto fine tanto agognato. Nessun rischio. Nessuna possibilità di essere scoperte. Solo l'ordinario viavai delle cose brutte che succedono, che passano, che occupano un trafiletto di giornale, senza che si indugi troppo sulla soglia degli stratagemmi, delle congetture, a rimuginare, strologare, su fatti così semplici, così casuali, soprattutto in quel miserevole lato del quartiere. Zingari. Zingari che hanno oltrepassato la misura. «Signor ispettore, sono entrata nella stanza e mia madre aveva un'aureola di sangue intorno alla testa, sembrava una santa, l'appartamento divelto come dopo un uragano, lo vede? Mancano un braccialetto di coralli e una collana. Io ero qui vicino, da una cara amica di mia madre, c'era una modesta festicciola, il tempo di un brindisi con lo spumante acido del supermercato, con Annetta e il marito, un invalido costretto sulla sedia a rotelle, un'altra vicina, qualche convenevole, e poi subito a casa, di corsa, ché mia madre non la lascio mai sola, sono una brava figlia, io, una figlia modello, mi creda. Che spavento, che dolore, che strazio, ispettore, come farò adesso senza quell'angelo di mia madre, una donnina così dolce, così perbene, mai fatto male a una mosca, mai avuto da ridire con qualcuno, tutta una vita ad accudire mio padre fino alla sua morte, e neanche il tempo di godersi la pensione, sì, non era più una ragazzina, certo, ispettore, non mi faccia ridere, ottantatré anni sono una bella durata, ma per chi cucinerò io d'ora in avanti? Andava matta per i ravioli al burro, per il castagnaccio, e le piaceva tanto il telequiz preserale, non si perdeva una puntata, quello su Canale 5, sa? Sì, Gerry Scotti. Proprio lui.»

Pensavo a queste cose mentre rimboccavo le coperte e sentivo mia madre, urtata dal mio braccio, sostenere che avevo la delicatezza di un cinghiale. Morirai, pensavo, e sarà come una sferzata d'aria fresca sulla faccia, sarà come rinascere, come essere leggera, senza peso, per una volta. Morirai e ne sarò felice. Solo i cattolici si fanno le seghe col rimorso, con il senso di colpa, e io non credo in niente.

6

Connie proseguiva la sua vita claustrale, usciva di rado, giusto per fare un po' di spesa, e se mi incrociava ostentava un mezzo sorriso impudente, come se tenesse alzata la guardia imponendomi un certo distacco. La ricambiavo con occhiate cupe, dritte come aste di ginnasti, ed era uguale a dirle che l'aspettavo al varco, che era in trappola e non ne sarebbe uscita facilmente: i favori si contraccambiano, non le avrei dato respiro finché non fosse capitolata. Avevo cominciato a fumare, due o tre sigarette al giorno, quando un ciarpame di pensieri neri mi ingolfava il cervello, rendendomi elettrica, incontrollata; non tossivo più; se mia madre si lamentava della puzza, le soffiavo in faccia una nuvola di fumo, e lei imprecava.

Connie, con la sua glacialità, mi faceva sprofondare in una solitudine assoluta, senza alleanze, non accettavo che potesse avercela con me, che mi sfuggisse, che non mi approvasse, forse la sua ritrosia era solo una posa, forse nessuno le aveva mai insegnato a ringraziare. L'avrei piegata alla mia volontà in ogni caso, era solo questione di tempo.

Una sera uscii di casa sotto i rivoli di una pioggia irregolare, alzai il bavero del cappotto e mi annodai stretto il grande fazzoletto di lana che mi copriva la testa.

Dalla finestra della casetta vidi Connie sfocata, le gocce d'acqua mi entravano negli occhi. Lei era lì, con un golfino beige, la frangia dei capelli che le era cresciuta, al centro del salotto stipato di scatoloni di varia grandezza. Stava traslocando? E dove? Non aveva più i soldi per pagare l'affitto?

Quando aprì la porta aveva l'espressione ebete di chi ci ha dato dentro con l'alcol senza esagerare, solo per stonarsi leggermente. «Te ne vai?» le chiesi. Annuì e sollevò un braccio per indicarmi la cucina. A parte qualche mobiletto rosa chiaro, il fornello, un tavolo quadrato, due sedie di plastica, c'era solo una lavatrice in funzione col suo petulante ronzio. Mi sedetti tenendo indosso il cappotto bagnato, in quel silenzio teso, e lei restò in piedi a fissarmi con rassegnazione. «Mi piaci, ragazza» dissi. «Potrei persino essere tua madre, o almeno una sorella maggiore. Prima o poi, con lui, avresti reagito, ne sono certa. Non sei così debole come vuoi far credere. Un giorno ti saresti stufata di avere sempre delle tumefazioni, qualche costola rotta, gli avresti mollato un bel calcio nelle palle, brandendo un coltellaccio, ti saresti buttata su di lui con una furia selvaggia, e, *oplà*, ti avrebbero arrestata. Cosa vuoi che conti per un giudice la legittima difesa? Una donna che si lascia picchiare non è meno colpevole di chi la maltratta. Avresti potuto divorziare, lasciarlo al suo destino, e invece... Sei stata fortunata, sono arrivata io, Rachele, a renderti le cose più facili. Ho eliminato la fonte dei tuoi problemi, facendo il lavoro sporco al posto tuo.» Era contratta, in ebollizione, vedevo il sangue pulsarle sul viso e provai un'ondata di affetto. «Io sono tua amica, Connie. Non devi difenderti da me. Chi è ferito ferisce, immancabilmente. Tu non saresti mai stata in grado di fermarlo, se non a caro prezzo. Ti ho resa libera. Non costruire un santino su un bastardo, scopava bene?, pace all'anima sua, i morti diventano tutte brave persone da commemorare, si ha nostalgia persino dei loro peggiori difetti, ma non puoi esserti dimenticata il suo fiato alcolico mentre ti riparavi dai colpi, il rischio che potesse ammazzarti o costringerti a uno stato vegetativo permanente. Non eri al sicuro, con lui, per quanti sentimenti assurdi tu provassi. L'amore può essere infido, crudele, ma non ti annoierò con stronzate psicologiche da assistente sociale... Ci sono verità insopportabili. Ad esempio, la crudeltà di mia madre. Non la capisco ma c'è, da sempre, da quando ero bambina, e mi ha legato a sé come un laccio che mi ha quasi strozzata, speravo sempre che cambiasse, che mi mostrasse un po' di affetto, o credendo per anni che quel tipo di amore fosse l'unico esistente. Ho sofferto quanto o più di te. Siamo simili. Siamo sulla stessa barca. Non sei felice che lui non ci sia più? Un uomo vanitoso come un fauno, si capiva, un ubriacone, un violento. Dal primo giorno che ti ho vista, Connie, ho capito che mi facevi da specchio, che ci saremmo intese.»

Teneva lo sguardo puntato a terra, e mi lasciava parlare senza intervenire. Poi, di colpo, mi si sedette vicino, i tacchi delle pantofole fucsia sulla barra della mia sedia, non mi ero mai concentrata sul colore dei suoi occhi, facevano pensare all'azzurro clorato di una piscina. Ero a disagio. Le chiesi un bicchiere d'acqua, ma lei finse di non avere sentito. Poco male. Ero pronta.

Le esposi il mio piano per eliminare mia madre, rassicurandola che sarebbe stato semplice, senza conseguenze, mentre lei indulgeva lo sguardo fuori dalla finestra, seguendo lo sgocciolio che arabescava il vetro. Sembrava incantata, sigillata nel suo mondo, ma annuiva, mi dava retta. Pensavo che avrebbe attratto altri uomini; pur non essendo bella, era seduttiva come una donna un po' bambina, avrebbe ispirato un certo istinto di protezione, o, al contrario, la voglia di schiacciarla. Le parlai dei miei desideri frustrati, del bisogno di trasformare in meglio le cose per entrambe, le dissi che ero una donna buona, che amavo la natura, il mare, gli animali, i bambini. Mi protesi verso di lei e le afferrai una mano, insistendo sulla logica dei miei ragionamenti per convincerla, persuaderla, e lei mi fissava con estrema intensità. Avvertivo il calore salirmi al viso, mentre le spiegavo cosa doveva fare, sopraffacendola con la mia esaltazione. Mi sentivo onnipotente, piena di aspettative, mentre ripetevo che il 24 novembre era vicino, doveva prepararsi, darmi la sua parola.

Si alzò annuendo, fece più volte di sì con la testa, come un riflesso condizionato, e mi accompagnò alla porta. Uscii e la notte mi sembrò allegra e inzuppata come una compagna di bevute. Avevo il mondo in mano. Pochi giorni e tutto sarebbe andato a posto, i sacrifici sarebbero finiti e soprattutto il languore perenne dell'infelicità che mi mordeva. Nonostante il mio peso, la mia andatura era rapida ed elastica. Gioivo. Connie era l'unica amica che avessi mai avuto.

7

Annetta ci disse che era stata la vicina, la madre del bambino di tre anni a cui Connie faceva ogni tanto da baby-sitter, a trovarla appesa alla maniglia della finestra, cianotica, col collo tagliuzzato dalla corda, senza quasi più ossigeno. Dopo averla liberata aveva chiamato subito l'ambulanza. Da giorni non ne aveva notizie, era andata a suonare più volte il campanello, per fortuna possedeva una copia delle chiavi e alla fine era entrata. In tempo per salvarle la vita. Era il 23 novembre.

Ero così scombussolata da non accorgermi che mi stavano chiedendo se mi sentivo bene (il mio sistema nervoso era scosso e dovevo essere impallidita), i miei occhi saettarono dall'una all'altra, sdrammatizzai con una risatina secca e mi cavai d'impaccio sentenziando: «Be', non è morta». Annetta sospirò abbandonandosi all'indietro sulla poltrona. «Povera ragazza, non ha nessuno al mondo, nessun parente, adesso ci penseranno i servizi sociali, magari la cureranno dalla depressione.»

Mia madre stava sbucciando impassibile un'arancia. «Si sa qualcosa del marito? Hanno arrestato qualcuno?» domandò.

L'altra rispose che girava voce che lui avesse un debito con la malavita per faccende di armi o di droga, che si era già fatto della galera in passato, di sicuro non poteva capitargli che di finire così, e lei, la moglie, era solo una delle tante disgraziate convolate a nozze con l'uomo sbagliato, e chissà quanti sogni aveva covato all'inizio, povera illusa, ma si sa, gli uomini, anche i migliori, sono delle bocce perse, delle palle al piede, per quanto il suo Gaetano era un uomo buono, gentile, che non aveva mai alzato le mani su di lei, ma che fatica accudirlo, assecondare le sue bizze, che fatica invecchiare con un peso morto. Beata lei, Ivana, che era vedova da un pezzo e con una figlia a occuparsi di lei.

Mia madre replicò con un ostinato scuotimento di testa, si rifiutava di ammettere che la mia presenza le fosse d'aiuto, e disse: «Chissà, forse hai ragione sugli uomini, e forse Rachele ha fatto bene a non sposarsi. Del resto, grassa com'è, chi se la accollava?».

Non le ascoltavo più. Aprii la finestra per far entrare un po' d'aria ma mia madre mi intimò di chiuderla subito, se no rischiava un'infreddatura. Dissi che sarei uscita a fare due passi e che, già che c'ero, avrei comprato un paio di mozzarelle per il pranzo.

Ero così persa, abbattuta, che mi sedetti sull'ultimo gradino delle scale inalando un odore di varechina. Mi presi la testa tra le mani e mi uscì di bocca un singhiozzo. Lei non era morta, pensavo, ma non faceva più nessuna differenza. Era in un letto d'ospedale, forse imbottita di farmaci, inerte come una marionetta. Aveva trovato la sua via di fuga dal nostro patto, mi aveva tradita.

Provavo la stessa rabbia di quando qualcuno in cui credi ciecamente ti gira le spalle all'improvviso, ti pugnala alla schiena. Non era giusto. Non mi meritavo il suo voltafaccia, la sua vigliaccheria. Mi alzai a fatica e presi a camminare a casaccio, raffiche di vento spazzavano le strade, mi sentivo evanescente, smaterializzata, ma drizzavo le spalle, con la superiorità di chi ne ha passate tante e ha ribrezzo di chiunque le passi vicino. La gente mi sfiorava sbirciando il mio aspetto sciatto, la mia disperazione di pietra, «Buongiorno, come sta la mamma?». Non mi prendevo la briga di rispondere. Assorbivo l'urto odiando tutto ciò che mi circondava. E soprattutto maledicevo me stessa. Come avevo potuto illudermi di soggiogare quella scema, quella ritardata? Di coinvolgerla nella mia *strategia* demolendo i suoi sciocchi scrupoli morali? Connie era una donna stupida, ottusa, una perdente, e si era sottratta alle sue responsabilità tentando il suicidio. L'idea di far fuori mia madre forse non le era mai passata per la mente, mi aveva blandito solo per fregarmi. La sua inettitudine mi aveva risputata in un mondo di lupi e di pecore, senza più scappatoie, senza possibilità di riscatto. Oh, sì, c'era da smascellarsi dalle risate pensando alla mia ingenuità. Eccomi di nuovo qui, tonda, lardellata, ingombrante. Sola. Senza talenti, senza intelligenza, se no avrei di sicuro disseminato meglio le mie trappole, avrei puntato su un cavallo più forte, trovato il modo di vincere...

Forse non c'era nessun'altra parola alla conclusione di una vita che *delusione*. Era questo che mi suggerivano le facce delle vecchie in coda davanti ai negozi, o i loro mariti stonati di vino già alle dieci della mattina, ingobbiti su partite a carte o fogli di giornale. Non c'era altra parola da smerciare a un prete in punto di morte. *Delusione*. Una sconfinata delusione. Niente andava come doveva andare. Vivere era perdere, vedere deperire, una dopo l'altra, tante piccole, candide o sordide, ambizioni. Nessuna via d'uscita al virus dell'amarezza, un contagio di amarezza che ti appestava, ti soffocava, la certezza di un illusorio gratta e vinci che continuavi a comprare solo per abitudine, per vana speranza.

Come un automa, entrai in un salumificio per comprare delle mozzarelle. La mia ossessione di uccidere mia madre non era sparita, era maligna come un tumore e continuava a crescere, a diramarsi in metastasi. Ma cosa potevo fare? Connie mi aveva impedito di rompere la catena, di evadere dal mio martirio. Era tutta colpa sua, solo colpa sua. Almeno fosse morta, a penzoloni, con la lingua di fuori, senza nessuno a soccorrerla. Invece era sopravvissuta. E, per quanto malmessa, aveva già snocciolato tutto quanto, riversato la sua verità nelle rassicuranti orecchie di un'agente donna, ma questo lo scoprii solo più tardi.

Girato l'angolo, notai subito la macchina con i lampeggianti accesi che sostava nel cortiletto, parcheggiata di traverso. Un uomo tarchiato in divisa, appoggiato contro la portiera, fumava una sigaretta elettronica. Un altro, alto e snello, mi osservava neutrale mentre incespicavo con la busta della spesa. Mia madre, alla finestra, aveva scostato la tendina a fiori gialli e blu e mi fissava col labbro inferiore pendulo come un seno avvizzito.

«Signora, deve venire con noi» disse l'agente tarchiato. Deglutii con forza un grumo di saliva. Quante volte avevo letto quella frase fatta in un romanzo giallo? Be', adesso, ero diventata anch'io un personaggio, anzi, la protagonista della storia. Non dissi nulla. Pensai solo che le mozzarelle dovevano essere messe subito nel frigo. Ma lasciai cadere a terra il sacchetto, che andasse tutto a male, non era più importante, e mi avvicinai alla portiera aperta.

L'indifferenza è un valore. Chi è capace di indifferenza ha vissuto abbastanza burrasche da essere insensibile, è lì, forse, che si impara a stare al mondo con dignità. Non mi importava un accidenti di niente. Connie mi aveva rubato il futuro, o forse no. Se non avesse spifferato tutto, se avesse taciuto, avrei continuato per anni a sistemare bicchieri nello scolapiatti sopra il lavandino. Avrei cambiato federe, lenzuola e pannoloni, cucinato broccoli e carne al sangue, svuotato un pitale. E la censura sui miei sentimenti sarebbe proseguita imperterrita, almeno fino alla morte di mia madre, al punto da non provare più nulla, come adesso, non più o meno di adesso.

«Su, venga, salga in macchina.» La voce dell'agente era così calma, premurosa da procurarmi un piacere acustico. Alzai gli occhi e scorsi altre facce alle finestre, tutto il vicinato era in fregola per me, avevo accentrato l'attenzione. Pensai che in fondo la libertà era vicina, a portata di mano. «Andiamo dove volete» scandii con voce piatta.

Mi sedetti sul sedile posteriore a gambe unite, e guardai sfrecciare dal finestrino le case, le strade, le persone. Era come nuotare nella corsia di una grande piscina delimitata da file di galleggianti. Il mondo mi sembrava azzurro come se il cielo si fosse rivoltato. Nuotavo e non avevo peso, nell'acqua hai sempre qualche chilo di meno. Era una bella sensazione. Pensai che il fallimento alleggerisce il cuore, non hai più nessun piano, nessun sogno, nessuna casa vista mare o un piccolo giardino, nessuno sforzo, nessun essere umano da amare o da odiare, solo la fine della speranza, una fine assoluta, dolce, come una frangia di capelli che ricade sugli occhi.

E non la sposti più.

Indice

nero

Nella stessa collana

1. Enrico Pandiani, *Un giorno di festa*
2. Bruno Morchio, *Un piede in due scarpe*
3. Roberto Perrone, *L'estate degli inganni*
4. Corrado De Rosa, *L'uomo che dorme*
5. Maurizio de Giovanni, *Sara al tramonto*
6. Daniele Autieri, *Ama il nemico tuo*
7. Piergiorgio Pulixi, *Lo stupore della notte*
8. Carlotto – De Cataldo – de Giovanni, *Sbirre*
9. Luca Crovi, *L'ombra del campione*
10. Andrea Cotti, *Il cinese*
11. Olivier Norek, *Tra due mondi*
12. Piero Colaprico, *Il fantasma del ponte di ferro*
13. Gianni Mattencini, *L'onore e il silenzio*
14. Enrico Pandiani, *Ragione da vendere*
15. Cristina Rava, *Di punto in bianco*
16. Maurizio de Giovanni, *Le parole di Sara*
17. Gabriella Genisi, *Pizzica amara*
18. Roberto Perrone, *L'ultima volontà*
19. Giancarlo De Cataldo, *Alba nera*
20. Piera Carlomagno, *Una favolosa estate di morte*
21. Frédéric Dard, *Il montacarichi*
22. Piergiorgio Pulixi, *L'isola delle anime*
23. Thomas Mullen, *La città è dei bianchi*
24. Enrico Franceschini, *Bassa marea*
25. Gianni Zanolin, *Il senso del limite*
26. Marco Felder, *Tutta quella brava gente*

27. Girolamo De Michele, *Le cose innominabili*
28. Arturo Pérez-Reverte, *I cani di strada non ballano*
29. Sandrone Dazieri, *La danza del Gorilla*
30. Agustín Martínez, *Monteperdido*
31. Giuseppe Fabro, *Il sangue dei padri*
32. Luca Crovi, *L'ultima canzone del Naviglio*
33. Cristina Rava, *I segreti del professore*
34. Bruno Morchio, *Dove crollano i sogni*
35. Sandrine Destombes, *Nel monastero di Crest*
36. Maurizio de Giovanni, *Una lettera per Sara*
37. Giampaolo Simi, Piera Degli Esposti, *L'estate di Piera*
38. Luigi Bernardi, *Atlante freddo*
39. Piergiorgio Pulixi, *Un colpo al cuore*
40. Anthony Horowitz, *I delitti della gazza ladra*
41. Gabriella Genisi, *La Regola di Santa Croce*
42. Maurizio de Giovanni, *Gli occhi di Sara*
43. Massimo Carlotto, *E verrà un altro inverno*
44. Lorenzo Scano, *Via libera*
45. Frédéric Dard, *I bastardi vanno all'inferno*
46. Cristina Rava, *Il pozzo della discordia*
47. Valeria Corciolani, *Con l'arte e con l'inganno*
48. Enrico Franceschini, *Ferragosto*
49. Andrea Cotti, *L'Impero di Mezzo*
50. Frédéric Dard, *Gli scellerati*
51. Anthony Horowitz, *I delitti della bella di notte*
52. Enrico Pandiani, *Fuoco*
53. Jadel Andreetto e Guglielmo Pispisa, *La parola amore uccide*
54. Luca Crovi, *Il Gigante e la Madonnina*
55. Cristina Rava, *Il Tessitore*
56. Frédéric Dard, *Prato all'inglese*
57. Maurizio de Giovanni, *Un volo per Sara*
58. Piergiorgio Pulixi, *La settima luna*
59. Antonio Fusco, *Io sono l'Indiano*
60. Enrico Franceschini, *Un'estate a Borgomarina*

Finito di stampare nel mese di giugno 2022
presso Elcograf S.p.A. – Stabilimento di Cles (TN)
Printed in Italy